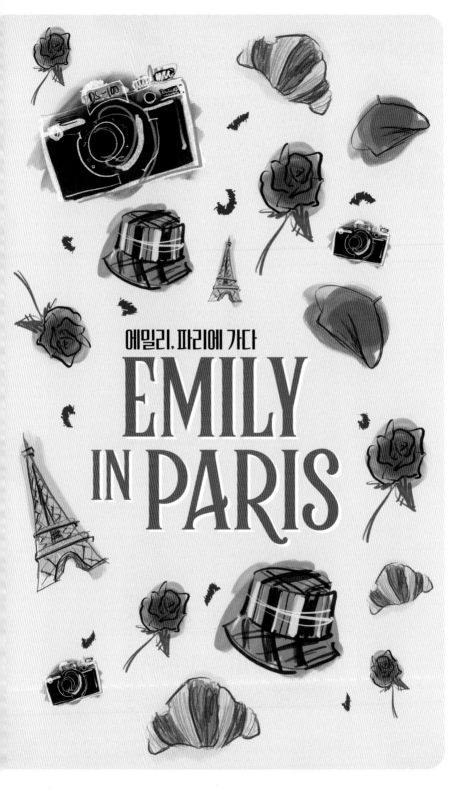

에밀리, 파리에 가다

EMILY
IN PARIS

fashion is TRASH

에밀리 쿠퍼 EMILY COOPER

파리, 유명 디자이너
의상실이 있는 파리는
정말 놀라운 곳이야.
문제는 여전히 파리의 멋에
녹아드는 코드를
모른다는 거야.

I AM
TACKY

나는 우리 동네에 있는 예쁜 가게가 정말 좋아!
하지만 친절하지 않는 꽃집 사장님은 별로야.
그래도 붉은 장미 꽃다발은 다행히 살 수 있었어.

마치 꿈을 꾸고
있는 것 같아.
하지만 금방 깰 것
같은 기분이야.

멋진 만남은 우연의 결과라고 사람들은 말해.
공원에서 우연히 민디를 만났어.
그 후로 내가 필요할 때면
민디는 날 웃게 해주고 정신차리게 해줘.
그리고 나에겐 민디가 자주 필요해!

민디 첸 MINDY CHEN

오! 크레이프

민디 덕에 파리 곳곳을 알게 됐어.
카페 테라스, 레스토랑 등.
어느 날 민디랑 저녁을 먹으러 갔어.
이런, 이런 그곳 요리사가
나의 슈퍼 섹시 이웃, 가브리엘이야.
으음…… 내 슈퍼 친절한 이웃과는
친구로만 지낼 거야, 약속해!

프랑스 사람들은
낭만적이지만
현실적이지!

가브리엘 GABRIEL

버터 + 초콜릿 = ♥

나는 가브리엘을 시도 때도 없이
만나. 솔직히 정말 기뻐!
기이한 문제만 빼고 말이지.
문제는 카미유라는 아주
멋진 여자 친구가 있다는 거야!

다행히 내가 사는 하녀 방에서 본
파리의 광경이 내 아픔과
슬픔을 위로해줘.
그곳에서 내가 항상 꿈꾸는
가브리엘을 만났어!
으음, 파리에서!
내 말은 내가 항상
꿈꿨던 곳이 파리라고!

La Plour

You're in Paris

당신은 파리에 있어.

한 편의 시를
읽고 있는 거야.

내가 진짜 파리지엔이
될 수 있을지 모르겠어.
하지만 천천히 배워나갈 거야.
누가 알겠어?
어느 날, 파리에서 내 자리를
찾을 수 있을지 말이야?

에밀리, 파리에 가다

EMILY
IN PARIS

에밀리, 파리에 가다

카트린 카랑굴라 지음 김영신 옮김
초판 1쇄 발행일 2022년 12월 12일
펴낸이 이숙진 펴낸곳 (주)크레용하우스 출판등록 제1998-000024호
주소 서울 광진구 천호대로 709-9 전화 (02)3436-1711 팩스 (02)3436-1410
인스타그램 @bizn_books 이메일 crayon@crayonhouse.co.kr

Emily in Paris
by Catherine Kalengula
© Hachette Livre, 2022
Korean translation copyrights ©2022, Crayonhouse Co., LTD
© 2022 Viacom International Inc. All Rights Reserved.
Emily in Paris and all related titles, logos and characters are trademarks of Viacom International Inc.
This Korean edition is published by arrangement with Hachette Livre
through Sarah Daumerie and Bookmaru Korea.
All rights reserved.

이 책의 한국어판 저작권은 북마루코리아와 Sarah Daumerie를 통해
Hachette Livre와의 독점계약으로 (주)크레용하우스가 소유합니다.
신저작권법에 의하여 한국 내에서 보호를 받는 저작물이므로 무단 전재와 복제를 금합니다.

* 빛은책들은 재미와 가치가 공존하는 ㈜크레용하우스의 도서 브랜드입니다.
* KC마크는 이 제품이 공통안전기준에 적합하였음을 의미합니다.

ISBN 978-89-5547-973-7 04860

에밀리, 파리에 가다

EMILY IN PARIS

카트린 카랑굴라 지음

빗은
책들

웰컴 투 파리

택시를 탔다. 심장이 쿵쾅쿵쾅, 금방이라도 터져버릴 것 같다. 나는 에밀리 쿠퍼, 드디어 파리에 왔다. 모든 사람들은 존재하기 위해 꿈을 꾼다. 나의 꿈은 언제나 이곳, 파리에 오는 거였다. 꿈은 아주 우연히 생겼다.

일곱, 여덟 살 때였을 것이다. 어느 저녁, 니콜 키드먼 주연의 영화, '물랭루즈'를 보고 있었다. 별안간 '나도, 파리에 가고 싶어!'라고 소리를 질렀다. 그 말을 들은 엄마가 '파리는 시카고에서 너무 멀지 않니, 안 그래?'라고 말했다. 아빠는 '내가 너라면 다시 생각할 거야. 프랑스인들은 한 달에 한 번 씻을까 말까야'라고 덧붙였다.

하지만 아무것도 내 꿈을 꺾지 못했다. 프랑스 사람들 몸에서 나는 역겨운 냄새도 내 꿈을 깨지 못했다.

그리고 나는 바보가 아니다! 물랭루즈는 벨 에포크*를 배경으로 한 영화고, 파리의 더러운 물은 하수구를 통해 다리 아래로 흘러간다.

그리고 꿈이 너무 강하면, 꿈에 대한 생각을 멈추는 것이 불가능

* 아름다운 시절

하다. 물랭루즈는 내 마음 속에 꿈의 씨앗을 뿌렸고 시간이 흐르며 함께 활짝 폈다.

눈앞에 화려한 건축물이 늘어선 파리 거리가 펼쳐졌다. 나도 모르게 웃음이 흘러나왔다. 웃음이 멈추질 않았다. 한편으로는 겁도 났다. 파리에서 자리잡지 못할 거라는 두려움. 남자 친구를 보지 못한다는 두려움. 꿈과 현실이 판이하게 다를지도 모른다는 두려움.

그렇지만 그 모든 두려움을 열정으로 이겨낼 것이다. 엄청난 긍정적 사고로 두려움을 극복할 것이다. 꿈은 우리를 앞으로 나아가게 하지만 두려움은 우리를 옴짝달싹 못 하게 하기 때문이다.

택시가 오래된 건물 앞에 멈췄다. 건물은 말로 표현할 수 없을 정도로 매력적인 광장에 있었고 작은 분수까지 있었다.

'드디어 파리에 왔어!'

큰소리로 사방에 소리치며 폴짝폴짝 뛰고 싶었지만 지나치게 감동한 표정은 짓지 않으려 애썼다.

내가 느끼는 행복에 대해 좀 더 설명해야 할 것 같다. 나는 '상사'의 애인에게 고마워했다! 시카고에 있는 내 상사가 임신하지 않았더라면 나는 파리에 올 수 없었다. 원래는 상사가 파리에 올 계획이었다.

사랑해, 아가야, 네 덕분이야!

택시에서 내렸다. 꽤 근사한 양복을 입은 갈색 피부의 남자가 나를 맞았다. 짐작컨대 부동산 중개인일 것이다.

"에밀리 쿠퍼? 부동산 중개인 질 뒤푸르예요."

그가 손을 내밀며 자기소개를 했다.

"하이, 봉주르!'

내 집은 5층이었다. 불행히도 건물에는 엘리베이터가 없었다. 대신 진짜 멋진 나선형 계단이 있었다. 커다란 가방을 들고 오를수록, 계단의 매력은 점점 떨어졌다.

파리에 대한 첫인상은 고전적이고 아름다웠다. 하지만 편리함과는 거리가 멀었다.

"다 왔어요?"

가쁜 숨을 몰아쉬며 물었다.

"당신 집은 5층이고 여기는 4층이에요."

중개인이 대답했다.

"내가 층을 세면서 올라왔어요. 여기 5층이에요."

중개인의 표정에서 '이런, 이 여자 바보야?'라는 느낌을 받았다.

"프랑스에서 1층은 지층이에요. 그러니까 미국에서 2층이라고 부르는 층이 프랑스에서는 1층이에요. 이해하겠죠!"

"이상하네요."

중개인 말이 황당했다.

"이상하지 않아요. 아주 완벽하게 논리적이죠."

중개인이 반박했다.

누군가에게는 논리적인 것이 다른 사람에게는 논리적이지 않다는 것을 부동산 중개인에게 어떻게 설명할 수 있을까? 굳이 설명하고 싶은 마음도 없다. 빨리 파리에서 지내게 될 내 집이 보고 싶을 뿐. 마지막 힘을 모아, 가방을 들고 낑낑대며 드디어 6층에 올라갔다. 계단를 올라오는 동안 단단해진 내 종아리가 확실하게 6층이라는 것을 확인시켜줬다.

"귀엽고 멋진 하녀 방이에요."

중개인이 내가 머물 곳을 소개했다.

중개인이 말한 '귀엽다'의 의미가 '아주 작다'임을 곧 깨달았다. 인테리어는 증조 할머니의 집과 별반 다르지 않았다. 마치 증조 할머니 집을 방문한 기분이었다. 하지만 증조 할머니집은 적어도 내가 아는 곳이다.

이곳 파리에서 보는 광경은 할머니집에서 보는 것과는 완전 딴판이다. 정말 어메이징 그 자체다! 6층, 아니 5층에 사는 장점이다.

"오마이갓!"

나도 모르게 탄성이 터졌다. 나는 '물랭루즈'의 니콜 키드만이었다.

"멋지죠. 파리의 모든 것이 당신 발 밑에 있어요. 근처에 작지만 아주 멋진 카페가 있어요. 카페 주인이 제 친구에요. 어때요, 올 이즈 굿?

질이 내 어깨에 손을 얹으며 으스댔다.

"네, 굿이에요!."

새나오는 웃음을 주체할 수 없었다. 정말 환상적이었다.

이 광경을 혼자 만끽하고 싶었다. 그리고 왜 그토록 힘겹게 계단을 걸어올라야 했는지 깨달았다.

나의 파리. 비록 남자 친구와 함께 즐길 수 없더라도, 나 혼자 이 순간을 만끽할 것이다. 엉? 중개인이 전혀 떠날 생각을 하지 않았다.

"배고파요? 커피 아님 차, 같이 할까요?

중개인이 물었다.

"곧 사무실에 가봐야 해요."

"그럼, 저녁에 같이 한잔할까요?"

중개인은 무척 끈질겼다.

그가 나를 유혹하고 있다는 느낌이 왜 이렇게 강하게 들지? 은밀한 것도 아닌, 아주 노골적이다. 내가 바보나 쉬운 여자로 보이는 건가? 그는 내 의견은 상관없는 것 같았다. 하지만 나는 상관이 있다. 내가 원하는 것은 딱 하나, 얼른 내 집 열쇠를 받고 혼자 있는 것이다. 부동산 중개인이 할 일은 집을 안내하고 열쇠를 건네주는 것 아닌가? 혹시, 중개 비용에 그것 말고 다른 '서비스'가 포함돼 있나? 조금 특별한 서비스가 패키지로 묶여 있나?

"나, 남자 친구 있어요."

중개인을 내보내기 위해 딱 잘라 말했다.

"파리에요?"

"시카고에요."

"그럼, 이곳에는 남자 친구가 없네요."

중개인이 미소를 지었다.

와우! 이것이 바로 '적극적' 자세다. 하지만 엄청 강압적인 느낌이 들었다. 서둘러 모든 일을 마무리 짓고 싶은 나로서는 무척 당혹스러웠다. 중개인이 열쇠를 건네줬다. 나는 친절하게 하지만 아주 단호하게 그를 문밖으로 내보냈다.

중개인이 '집과 서비스' 패키지를 다른 사람에게 제공할 수 있도록 말이다.

프랑스 동료들과의 첫 만남

사부아르!

시카고 본사, 길버트 그룹이 인수한 명품만을 홍보하는 프랑스 마케팅 에이전시다. 내가 파리에 온 이유는 에이전시의 'SNS' 홍보 전략을 발전시키는 것이다. 파리에서 함께 일할 동료들이 친절했으면 한다. 그들을 가르치고 싶은 마음은 눈곱만큼도 없다. 그저 새로운 시각의 마케팅 방식을 보여주려는 것이다. 그들의 마케팅 방식도 배울 것이다. 아주 좋다. 생각뿐이지만 짜릿하다.

에이전시는 '하녀 방'에서 멀지 않았다. 사무실로 가는 동안 주위의 건물과 가게들을 살펴봤다. 마치 쭉 파리에 살았던 것처럼, 아주 편했다.

니콜 키드만도 무척 자랑스러워할 것 같았다.

부푼 희망과 환한 미소를 지으며 에이전시 문을 열고 들어갔다. 잘될 거다. 프랑스 사람도 미국 사람과 별반 다르지 않을 것이다. 그렇지? 다른 사람들이 하는 말을 모두 믿을 필요는 없다. 파리에 도착한 지 두 시간이 흘렀지만, 여태 고약한 체취는 맡지 못했다.

그것으로 충분하다. 안 그런가?

한 남자가 안내데스크로 다가왔다. 그는 벌레 보듯 나를 쳐다봤다. 신경쓸 필요없다.

S.E.D(Smile 미소, Enthusiam 열정, Dynamisme 역동)을 행동으로 옮겼다. 나의 성공 열쇠다.

"하이! 봉주르! 시카고 길버트 그룹에서 온 에밀리 쿠퍼예요."

나는 활기차게 인사했다.

"네, 뭐라고요? 억양이 좀…… 으음 뭐랄까……."

남자가 당혹스런 표정으로 말했다.

오케이, 틀린 말이 아니다. 살짝 미국식 억양이 있다. 그렇다고 대놓고 말할 것까지 있나? 다행히, 휴대전화에는 완벽한 번역 앱이 깔려 있다. 앱을 이용해 에이전시 사람들과 소통하면 된다.

어, 남자 반응이 이상하다. 무척 황당한 표정이다. 아니 실망인가? 내가 파리에 온다는 건 이미 알려진 사실이다. 아직 소식을 못 들었나?

남자가 수화기를 들었다.

"미국 여자가 왔어요."

그는 내가 올 것을 알고 있었다. 곧이어 여자가 나타났다. 검은색 점프슈트 차림으로 아주 우아했다. 문제는 그 사람이 하는 프랑스 말을 한 마디도 못 알아들었다는 것이다. '봉주르' 빼고는 전혀 이해하지 못했다. 아, 또 하나 더 알아들었다. 그 여자의 이름이 실비라는 것! 나는 완전 멘붕이었다.

"천천히 말해주시겠어요?"

내가 조심스럽게 부탁했다.

"이런!"

실비가 탄식했다.

전혀 기분 좋은 표정이 아니었다. 성공의 열쇠, S. E. D를 발휘해서 좋지 않은 내 첫인상을 바꿔야 한다.

나는 실비를 따라 안으로 들어갔다.

"프랑스어에 능통한 것으로 아는데, 아닌가요?"

실비가 물었다.

"아니요, 그건 제 상사인 매들린이에요. 저는 에밀리예요, 에밀리 쿠퍼. 파리에서 일하다니 무척 흥분돼요."

내가 미소를 지으며 대답했다.

"그래요? 난 썩 유쾌하지 않아요."

실비가 사무실로 들어가며 말했다.

이해되지 않는다. 무엇이 유쾌하지 않다는 거지? 파리에서 일할 수 있어 흥분한 내가 유쾌하지 않다고? 그럼 나도 그녀처럼 침울한 표정을 지어야 하는 건가? 일할 때는 미소를 짓지 않는 게 프랑스 문화인가? 오케이. 기록해두겠다. 하지만 개인적으로 미소 짓는 것을 그만둘 수는 없다.

S.E.D를 활용할 기회다!

"죄송하지만 무엇이 유쾌하지 않다는 건가요?"

내가 물었다.

"당신의 억양과 프랑스어를 전혀 못하는 거요."

실비가 딱 꼬집어 말했다.

"억양도 있고 프랑스어를 못하는 것도 사실이에요. 인정해요. 그러니까 천천히 말해주세요."

"당신에게는 별일 아니겠지만 우리에게는 지옥이라고요."

실비가 단호하게 말했다.

지옥이라고?

그 순간, 한 남자가 실비의 사무실로 들어왔다. 에이전시 설립자, 폴 브로사르였다. 나는 악수하려고 손을 내밀었는데, 그가 얼굴을 내밀며 내 볼에 뽀뽀를 했다. 그것도 양쪽 볼에 번갈아가며 말이다.

이것도 프랑스 문화다. 하지만 동료끼리 볼에 뽀뽀 하는 것은 조금 이상하지 않나? 뽀뽀는 친한 사람들끼리 하는 거 아닌가? 하지만 불편한 기색을 하지는 않았다. 폴은 무척 행복한 표정이다. 기분이 좋아졌다!

"웰컴 투 파리!"

오, 게다가 영어로 환영인사까지, 꽤 귀엽다!

"그러니까 프랑스 사람에게 시유*의 노하우를 알려주러 온 건가요?"

그가 물었다.

나는 시유가 무엇인지 전혀 못 알아들었지만 미소를 잃지 않았다.

"서로 많은 것을 배울 수 있을 것이라고 확신해요."

내가 단언했다.

"명품 마케팅 경험이 있나요?"

"아니요, 요양병원에 공급하는 약품을 홍보했어요."

나는 자랑스럽게 말했다.

명품이건 약품이건 파는 것은 똑같다. 그렇지 않나? 고관절염약과 보행기를 팔 수 있다면, 브랜드 향수나 명품 옷들도 팔 수 있지!

* 북미의 원주민

폴이 시카고에서 '딥디쉬 피자'를 먹어본 적이 있다고 말했다. 시카고 명물이다. 아, 먹고 싶다!

"솔직히, '시오트'한 맛이었어요!"

폴이 말했다.

시오트? 여전히 내가 모르는 말이다. '딥디쉬 피자'를 프랑스 음식 '시오트'에 비유한 것 같다. 흠흠, 한 번도 들어본 적 없는 음식이다. 내가 아는 것이라곤 애니메이션 덕에 알게 된 '라따뚜이'뿐이다. 아, 또 있다. 프와그라!

"영어로 하면 '역겹다'죠."

실비가 거들었다.

이제 폴의 말을 확실히 이해했다.

폴은 이것 저것에 대해 말했다. 쾌락이 없는 인생은 엿같다(이 말이 무슨 뜻인지 알고 있다). 그들이 홍보하는 명품은 모두 아름다움과 우아함을 띠고 있다 등등.

두 사람은 내 SNS 홍보전략에 대해 눈곱만큼도 모르고 있다.

처음이니까 겸손해야겠지?

나는 아무 말 않고 가만히 듣고만 있었다. 내가 그들과 친해지고 싶다면 비판은 삼가야 한다. 그리고 모든 것을 받아들일 수 있는 오픈 마인드여야 한다. 그래, 바로 그거다.

모든 것에 활짝 열려 있어야 한다.

그리고 신경질적이어서는 안된다.

첫 회의를 마치고 10분 뒤

내 최고의 강점인 미소를 지으며 회의에 참석했다. 실비, 폴, 쥘리앵(내가 에이전시에 처음 도착했을 때 나를 맞이한 남자다), 곱슬머리 남자, 아주 스타일리시한 안경(분명 샤넬이나 디오르 제품일 것이다)을 쓴 근엄한 표정의 여자가 함께 했다.

"먼저 영어를 쓰는 점 양해 부탁드릴게요. 앞으로 프랑스어 수업을 들을 테니 조금만 기다려주세요."

내가 입을 열었다.

안경을 쓴 여자가 자리에서 벌떡 일어나더니 한 마디 말도 없이 휙 나가버렸다.

내가 무슨 말을 했다고?

"파트리시아는 외국어에 알레르기가 있어요."

실비가 설명했다.

나는 그런 알레르기가 있다는 이야기를 한 번도 들어본 적이 없다.

나는 계속 말을 했다.

"처음 뵙는 사람도 있으니 제 소개를 할게요. 에밀리 쿠퍼예요.

파리에서 일할 수 있게 돼 정말 좋아요. 여러분과 친해질 수 있도록 열심히 노력할게요. 대신 여러분도 저를 열린 마음으로 대해주세요!"

곱슬머리의 남자가 손을 들었다. 좋아, 반응이 나쁘지 않다. 나의 S.E.D가 효과를 발휘할 줄 알았다. 믿고 기다리면 된다.

"이름이 어떻게 돼죠?"

내가 묻자 그가 답했다.

"뤼크예요. 왜 소리를 지르세요?"

이런!

나는 소리를 지른 적이 없다. 프랑스 사람들은 귀가 예민한가? 유전적 특이성인가?

어쨌든 기록해둬야겠다. 장례식장처럼 나지막이 말하기.

나는 SNS 홍보전략에 대한 내 계획을 밝혔다. SNS는 팔로워 수뿐만 아니라, 관심갈 만한 내용과 신뢰 그리고 충성도가 중요하다.

"SNS 담당자는 누구죠?"

짧은 연설을 마치고 물었다.

쥘리앵이 문을 가리켰다.

"파트리시아."

아, 오케이.

이런…….

흐흠, 괜찮은 이웃

에이전시에서 보낸 첫날은 내 상상만큼 좋지는 않았다.

남자 친구가 보고 싶다. 물론, 화상 전화를 하면 된다. 하지만 실제로 보는 것은 아니기 때문에 같은 느낌이 아니다.

나는 어깨를 늘어뜨린 채 집으로 돌아왔다. 새로운 동료들은 눈곱만큼도 나를 인정하지 않는다. 나에 대한 선입견을 갖고 있을지도 모른다.

선입견!

세상에서 가장 어처구니 없는 말이다. 사람들이 나에 대해 선입견을 가질 거라고 생각도 못했다.

기운도 빠지는데 6층, 아니 5층까지 걸어올라가야 한다. 생각만 해도 발목이 시큰거린다. 운동하러 헬스장에 갈 필요는 없을 것 같다. 1년간 계속 오르락내리락거리면 허벅지는 강철처럼 단단해질 것이다.

열쇠 구멍에 열쇠를 꽂았다. 젠장, 열쇠가 돌아가지 않는다. 화가 치밀었다.

왜, 왜 안 되는 거야? 나를 상대로 음모라도 꾸미는 거야? 파리지엔이 되겠다는 내 꿈을 망치려는 건가? 도대체, 누가?

아, 알았다! 내가 에이전시에 간 동안, 부동산 중개인이 와서 자물쇠를 바꿔버린 것이 분명하다. 자신이 제안한 '집과 서비스' 패키지가 거절당한 데에 대한 분노 탓에 복수하기로 결심한 것이 틀림없다. 그렇다면 나는 그를 고소할 것이다. 나는 시카고에서 아주 뛰어난 변호사를 알고 있다. 릴리 이모는 그 변호사 덕에 슈퍼마켓 바닥에 떨어진 상추잎을 밟는 바람에 미끄러져 생긴 발목 염좌에 대한 보상으로 15만 달러를 받았다.

"말도 안 돼!"

나는 무진장 짜증이 났다.

그 순간, 문이 열리고 갈색 머리 남자가 나타났다.

흐흠, 괜찮은데……. 그런데 이 남자가 왜 내 집에서 나오는 거지?

아, 실수다. 그 집은 내 집이 아니다.

"이런, 죄송해요. 헷갈렸어요. 5층이 내집이라고 생각했어요."

"아, 여긴 4층이에요."

그가 내 실수를 바로잡아주며 미소를 지었다.

오마이갓! 저런 멋진 미소를 짓다니! 머리결은 어떻고! 눈은 왜 저렇게 예뻐! 도저히 눈길을 돌릴 수가 없다. 한 마디로 남자의 모든 것이 섹시했다.

"아, 그러네요. 에밀리예요, 에밀리 쿠퍼. 새로 이사왔어요."

"미국인이죠?"

그가 물었다.

아마도 내 억양으로 짐작했을 것이다.

"네, 시카고에서 왔어요."

"가브리엘, 프랑스인이고 노르망디 출신이에요."

노르망디, 나도 아는 곳이다. 1944년 6월 상륙작전이 있었다! 가브리엘에게 설명하고 싶었지만, 그는 전혀 이해하지 못하는 표정이다. 우리는 미소를 지으며 저녁 인사를 했다.

파리에 도착한 후, 처음 접한 다정한 미소다.

아침 8시에 경험한 황홀함

다음 날 아침, 나는 황홀함을 맛봤다. 오르가즘이다. 남자 친구 때문이 아니다. 새로 만난 S. S. G(슈퍼 섹시 가이) 가브리엘과 꿈에서 경험한 오르가즘도 아니다.

동네 빵집에서 산 팽 오 쇼콜라(초콜릿빵) 덕분에 느낀 황홀함이다.

"오마이갓!"

이 맛을 어떻게 설명하지? 첫 입은 바삭함 그 자체다. 그리고 이어지는 맛은 사르르 녹는 부드러움이다. 버터가 듬뿍 들어간 빵은 말 그대로 입 안 전체에서 맛의 향연을 펼쳤다. 팍! 곧이어 달콤한 초콜릿이 사르르 녹으며 달콤함이 입 안 가득 퍼졌다, 펑!

그 순간, 눈앞에 천국이 펼쳐진다. 이런 맛이, 어떻게 이런 맛이!

설명만으로 알 수 없다. 반드시 먹어봐야 한다. 한 입. 오! 또 한 입. 좋다!

절대로. 내 인생 통틀어 이런 맛은 처음이다.

이 순간을 절대 잊지 않을 것이다. 파리에서 처음 먹은 팽 오 쇼콜라 맛을 평생 잊지 않을 것이다.

절대.

휴대전화로 팽 오 쇼콜라를 먹은 내 모습을 찍어서 내 인스타그램에 포스팅했다.

#버터+초콜릿=사랑
@emilyinparis

우울한 11시

오늘 아침, 회사에 8시 30분에 출근해 문이 잠긴 건물 앞에서 두 시간을 기다렸다. 그런데 에이전시 출근 시간이 10시 30분이었다.

10시, 그것도 모자라 30분이라니!

왜 차라리 오후에 출근하지, 그럼 더 좋지 않나? 그 전에는 에이전시 문을 열 수도 없다니, 어떻게 이런 일이! 왜 이렇게 불편하게 사는 걸까? 정말 궁금하다!

가장 짜증나는 건 당장 일을 할 수 없다는 것이다. 나는 시간 낭비가 제일 싫다. 시간을 낭비하다가는 병이 난다.

일로 성공하고 싶다면, 기회가 생기면 잡고 어려운 일도 거침없이 도전해야 한다.

하지만 여기는 모든 일을 대충하는 느낌이다. 실비는 11시 15분이 되어서야 출근했다.

컴퓨터에서 몇 가지 확인하고, 파트리시아를 보러 갔다. 시작은 좋지 않았지만 잘 맞춰갈 수 있으리라고 확신했다.

"봉주르, 파트리시아. SNS에서 충성도를 높일 수 있는 아이디어를 공유하고 싶어요. 프랑스는 아직 잠재력이 많아 무척 흥분돼요."

파트리시아가 공포에 질린 표정으로 좌우를 살폈다. 무슨 일이지? 나는 그녀가 사색이 될 정도로 무서운 사람이 아니다.

아, 맞다! 외국어 알레르기. 깜박했다!

나는 번역 앱을 이용했다.

"아니, 아니요."

파트리시아는 번역 앱을 통해 듣는 것 자체를 거부했다. 그리고 뭔가에 쫓기듯 서둘러 자리를 떴다.

우선 그녀가 끼고 있는 안경을 칭찬했어야 했나?

정오에 맛본 씁쓸함

회사 사람들과 친해지려면 내가 더 노력해야 할 듯하다. 이곳 사람들이 생각하기에 나는 낙하산이 분명했다. 그들이 나를 불신하는 것은 당연하다. 냉랭한 분위기를 푸는 데는 맛있는 식사만 한 것이 없다! 프랑스 영화를 보면, 사람들은 식당 테라스에 앉아 몇 시간씩 웃고 떠든다. 정말 멋진 광경이다!

좋아, 오늘 아침에 낭비한 시간을 감안해 두세 시간씩 점심을 먹지는 않겠지…… 20분 정도면 괜찮지 않을까?

파트리시아는 초대하지 않기로 했다. 내가 가까이 다가가는 순간 창밖으로 몸을 던질지도 모른다. 파트리시아는 나를 엄청 무서워한다.

나는 실비에게 다가가 점심을 먹으러 가자고 했다.

"괜찮아요. 담배나 피울래요."

실비가 딱 잘라 대답했다.

언제부터 담배가 식사가 됐지? 나는 뤼크에게 내 운을 시험해보기로 했다.

"으음, 오늘 배가 아파서요."

그가 핑계를 댔다.

쥘리앵은 점심에 선약이 있다고 했다.

무슨 뜻인지 금방 깨달았다.

내가 생각한 것보다 내 앞에 놓인 벽은 엄청 높았다. 씁쓸했다. 아, 열렬히 환영하리라고 생각하지는 않았다. 나도 그렇게 순진한 편은 아니다. 하지만 이렇게 벌레 취급 당하리라고는 예상하지 못했다.

나는 바삭하고 맛있는 바게트와 이름이 무척 마음에 들어 산 치즈로 상처받은 내 마음을 위로하기로 했다. 치즈 냄새는 생각보다 나쁘지 않았다. 나는 용감하게 살고 싶지만, 위험을 감수하는 데에도 지켜야 할 선은 있었다.

바게트도 오늘 아침에 먹은 팽 오 쇼콜라만큼 황홀감을 느끼게 해줄 것이다.

바게트를 가방에서 꺼내는 순간, 갑자기 아이들이 달려오면서 나를 치는 바람에 바게트가 땅에 떨어졌다.

"로랑! 시빌!"

뒤따라오던 여자가 아이들에게 소리쳤다. 그녀가 땅에 떨어진 바게트를 집어 나에게 내밀었다.

"미안해요. 흙이 잔뜩 묻었어요. 다시 사드릴까요?"

"말이 너무 빨라 못 알아듣겠어요."

내가 난감한 표정을 지었다.

이유는 알 수 없지만, 그녀는 내가 미국인이라는 것을 금방 알아챘다. 그녀는 인디애나폴리스에서 공부했고 두 아이의 보모라고 자기를 소개했다. 여자는 아주 다정했다. 두 아이가 노는 동안 내 옆에 앉았다.

"저 아이들에게 중국어를 가르쳐요."

그녀가 말했다.

"언제 파리에 왔어요?"

"곧 1년 돼가요. 상하이에서 왔어요. 하지만 엄마는 한국 사람이에요. 길고 지루한 이야기예요."

"파리 좋아해요?"

내가 물었다.

"물론이죠. 아주 좋아해요. 모든 음식이 다 맛있어요. 패션과 아름다움의 도시잖아요. 밤에는 멋진 조명이 마법을 부려요! 하지만 파리 사람은 별로예요. 정말 하나같이 모두 못됐어요."

그녀가 단호하게 말했다.

"모두가 나쁘지는 않겠죠?"

내가 반론을 제기했다.

"아니, 모두 나빠요. 자신 있게 말할 수 있어요. 프랑스인들은 못됐고 자신들이 못됐다는 것을 당신 앞에서 당당하게 드러낼 거예요."

대화할수록, 그녀가 다정하고 따뜻한 사람이라는 것을 알 수 있었다. 그녀가 나한테 자신의 휴대전화 번호를 알려줬을 때, 정말 행복했다. 그녀는 이름은 민디, 다시 만날 수 있길 바랐다.

나는 남자 친구와 다른 친구들이 있는 시카고에서 멀리 떨어진 이곳, 파리에서 무척 외로웠다. 황홀감을 느끼게 만든 팽 오 쇼콜라가 대신할 수 없는 뭔가가 필요했다.

점심을 먹고 에이전시로 돌아오는 길에 식당 테라스에서 내가 본

장면은 식사를 하며 신나게 웃고 떠들고 있는 실비, 쥘리앵, 폴, 뤼크였다. 그뿐만이 아니었다. 그들은 느즈막이, 그것도 아주 늦게 사무실로 돌아왔다. 그리고 나에게 별명을 붙여줬다.

라 플록(La plouc)!

한 번도 들어본 적이 없는 말이다. 쥘리앵이 '귀여운 양배추'나 '보물'처럼 귀여운 애칭이라고 했다.

그의 말을 믿을 수 없어서 재빨리 인터넷을 검색했다.

'촌뜨기.'

오오오케이.

이럴 수가!

내일은 새로운 해가 뜰 것이다

착한 촌뜨기는 모두 모두 일찍 일어나 경건하게 자기 일을 하듯, 나도 새벽에 일어나 조깅을 했다. 달리면서 파리의 아침을 만끽했다.

조깅을 하는 동안, 시카고를 떠나 파리에 오는 것에 엄청 행복해하던 일을 떠올렸다.

겨우 이틀 만에 동료에게 왕따를 당하는 상황이 됐지만, 앞으로의 일이 궁금했다. 그들은 계속 나를 왕따할까? 미국 여자의 머릿속에 햄버거와 닭튀김 말고 다른 것이 있는지 확인하려고 일종의 '떠보기'를 하는 걸까?

그것이 무엇이든 그들 계획대로 되지 않을 것이다!

촌뜨기는 희망을 잃는 법이 없다.

조깅을 마치고 집에 돌아왔다. 또 다시 층수를 헷갈려 4층 문에 열쇠를 꽂았다. 처음 만났을 때처럼 잘생기고 매력적인 가브리엘이 문을 열었다. 처음보다 더 잘생기고 더 멋있어진 것 같다. 가브리엘의 두 눈에 아침 햇살이 반짝였다. 누가 가브리엘을 그렇게 섹시하게 만든 걸까?

도대체 누가?

"솔직히 내 집이 탐나 일부러 머리 쓰는 거예요?"

가브리엘이 저항할 수 없는 미소와 목소리로 농담을 했다.

"솔직히 프랑스 층수 세는 법이 이상하다는 것은 인정하죠?"

내 자신을 방어했지만 사실, 창피해 죽을 지경이었다. 가브리엘이 자기를 유혹하려고 내가 일부러 층수를 헷갈리는 척한다고 생각할 수도 있다. 어쩌면 내 무의식이 끊임없이 층수를 헷갈리게 하는 걸 수도 있다.

가브리엘이 내 모습을 찬찬히 살폈다.

"밖에 비 와요? 아니면 수영이라도 했어요?"

"방금 5마일이나 달렸어요. 5마일이 몇 킬로인지는 모르겠어요."

"시원한 물 한 잔 줄까요? 5층까지 가려면 엄청 힘들 거예요."

가브리엘이 말했다.

"아니요, 일하러 가야 해요. 그리고 더는 당신 문을 '쾅쾅'거리는 일은 없을 거예요. 맹세해요."

"상관없어요. 언제든 '쾅쾅'거려요."

잘생긴 데다 유머까지 있다.

민디를 만나면, 파리 사람이 모두 못된 것은 아니라고 말해줘야겠다. 미소를 짓게 하는 사람도 있고 친절을 베푸는 사람도 있다고 말이다.

흠흠, 정신을 가다듬으려면 얼른 샤워해야 한다.

더 세게!

출근하는 길에, 마음을 단단히 먹었다. 더는 무시당하는 착한 에밀리가 아닌 용감하게 맞서는 사자같은 에밀리가 될 것이다.

나는 미국인이다. 딥디쉬 피자를 좋아하는 시카고 출신이다. 냄새나는 카망베르 한 조각에도 기절하는 진짜 미국인이다. 나는 눈곱만큼도 파리지엔이 아니다.

그래서 뭐?

잘난 척하는 프랑스 사람들에게 내가 어떤 사람인지 본때를 보여 줄 거다.

사무실에 도착하자마자 쥘리앵이 나를 촌뜨기라고 불렀다. 괜찮다. 예상했던 일이다. 나는 번역 앱에 대답할 말을 입력했다.

"Va te faire foutre(엿먹어)!"

쥘리앵이 번역된 문장을 읽었다.

나는 그 표현이 정말 마음에 들었다. 꼭 외워야겠다. 프랑스어가 영어보다 훨씬 우아하게 느껴졌다.

"에밀리, 네가 마음에 들기 시작했어!"

쥘리앵이 말했다.

에밀리의 tip: 프랑스 동료들과 친해지고 싶다면, 그들을 모욕하라.

실비의 사무실 앞에서 발걸음을 멈췄다.

"프랑스어는 웃겨요. 왜 '라 플록'의 관사가 여성형이에요[*]?"

내가 물었다.

"관사는 지칭하는 대상에 따라 성을 일치시키는 거예요."

평소와 다름없이 차가운 말투다.

"오케이, 내 존재가 무척 달갑지 않고 내 프랑스어 실력이 형편없다는 거 알아요. '메종 라보'가 새롭게 출시하는 향수, '드 뢰르'에 대한 마케팅 기획안을 만들었어요. 기획안에 대해 이야기 나누고 싶어요."

그 후 몇 분 동안, 실비는 뢰르라는 발음을 바로 잡으려고 애썼다. 하지만 나로서는 불가능한 발음이다. '외(eu)'는 영어에 없는 발음이다. 그리고 '르'는 '르~으'에 가까웠다. 발음하려고 하면 할수록 목만 아팠다.

도대체 무슨 발음이 이래? 프랑스 사람이 와인을 많이 마시는 이유가 목구멍을 부드럽게 하려고 그러는 건가? 향수 이름이 중요한 건 아니다. 나는 에이전시가 기획한 광고가 잘 먹히지 않는 이유를 열거했다. 실비에게 상세하게 설명하는 일은 즐거웠다. 비록 '뢰르' 발음은 제대로 못하지만, 마케팅에 필요한 게 무엇인지는 잘 알고 있다. 드디어 내 능력을 입증할 순간이다.

"SNS 노출이 아주 빈약해요. 곧 출시하는데 향수에 대한 설명이 거의 없어요."

"맞아요. 오늘 밤에 파티가 있어요."

[*] 프랑스어에는 남성형과 여성형이 있다

실비가 말했다.

나는 내 귀를 의심했다.

"왜 미리 말해주지 않았어요? 나한테 말 안 할 생각이었어요?"

"들어봐요. 나는 당신의 접근법이 마음에 들지 않아요. 당신은 사람들에게 다 알려주려고 해요. 첫 홍보에 향수에 대해 모두 떠벌리려고 하죠. 당신은 모든 것을 알리고 싶어 하지만 나는 모든 것을 감추고 싶어요. 우리 고객을 특정하는 것은 명품이에요. 명품은 신비감이에요. 당신한테는 신비감이 눈곱만큼도 없어요. 절망스러울 정도로 평범한 사람이죠."

심호흡. 나는 S.E.D로 무장한 용감한 사자, 에밀리다. 아무도 날 꺾을 수 없다.

나는 차분하게 내 생각을 말했다.

"네, 나도 알아요. 하지만 사람들이 가게 안을 들여다보며 느끼는 부러움이 무엇인지는 알아요. 당신이 결코 이해하지 못하는 관점을 나는 정확히 알고 있어요. 왜냐하면 나는 까탈스러운 사람이 아니기 때문이에요. 나는 당신들처럼 섹시하게 보이는 법을 몰라요. 하지만 나는 그것을 바라는 고객의 눈을 갖고 있어요. 당신은 그렇지 않죠. 왜냐하면 당신도 모르는 사이에 그걸 갖고 있으니까요."

실비가 졌다는 듯 한숨을 쉬었다.

"파티에 오고 싶어요?"

"물론이죠!"

"좋아요, 저녁 8시까지 와요."

"의상에 대해 충고해준다면요?"

나는 미소를 지었다.

"그 끔찍한 옷을 빼고는 다 괜찮아요."

실비가 내 화려한 옷을 가리키며 대답했다.

나는 실비의 우아한 검은색 의상을 보며 오늘 저녁 내가 입어야 할 옷이 무엇인지 확실하게 깨달았다. 나도 실비처럼 입으면 된다.

진짜 파리지엔이 되는 거다!

에펠탑 파티

나는 시폰 소재의 검정색 오프숄더 드레스에 허리선을 강조하려고 벨트를 했다. 그리고 재미와 현대적 감각을 주기 위해, 여자 얼굴이 그려진 작고 귀여운 핸드백을 들었다.

그렇게 입으니 진짜 파리지엔 같았다! 그리고 조금 더 연습하면 '르'도 발음할 수 있을 것 같았다.

'드 뢰르'의 파티는 멋진 홀에서 열렸다. 게다가 홀의 테라스는 조명을 환하게 밝힌 에펠탑을 향해 있었다. 마치 천국에 있는 기분이었다. 종업원이 맛있는 쁘띠-푸*가 담긴 쟁반을 내밀었을 때, 나는 말 그대로 쟁반에 코를 박고 먹었다. 당연히 쁘띠-푸는 빵집에서 파는 팽 오 쇼콜라와 같지는 않다. 그 무엇도 팽 오 쇼콜라를 능가할 수 없다. 하지만 연어를 얹은 프티-푸는 정말 맛있었다.

쁘띠-푸의 유일한 단점은 이름 만큼 진짜 작다**. 일단 하나를 먹으면, 다음, 다음 하면서 손을 멈출 수 없다!

실비가 다가왔다. 어깨에 얇은 시폰을 덧댄 검정색 드레스를 입

---

* 작은 크기의 식전 음식
** 쁘띠(petite)는 작다는 뜻

은 실비는 아주 우아했다. 의도한 것은 아니지만 마음이 통한 것이 분명하다. 운명의 신호가 틀림없다. 오늘밤 우리가 서로를 이해할 수 있을지도 모른다.

"아하, 여기 있었군요! 그만 먹어요. 왜 그렇게 먹어요?"

실비가 물었다.

"아, 죄송해요. 배고픈데 너무 맛있어요."

"그럼, 담배를 피워요!"

때마침 폴이 도착했다. 내가 모르는 커플이 폴과 함께 왔다.

"미국에서 온 에밀리예요."

폴이 커플에게 나를 소개했다.

"아하, 앙투안 랑베르예요. 내 아내, 카트린이에요."

남자가 자신과 아내를 소개했다.

"잘 알겠지만, 앙투안은 메종 라보를 이끌고 있고 프랑스의 가장 큰 코 중 하나예요."

폴의 소개에 무척 놀랐다. 그의 소개와 달리 앙투안의 코는 별로 크지 않았다. 균형 잡힌 데다 무척 잘생겼다. 흠잡을 데 하나 없었다. 사람을 외모로 평가해서는 안 된다. 더구나 고객은 더더욱 그러면 안 된다.

나는 앙투안 랑베르에게 말했다.

"당신 코가 크다고 생각하지 않아요. 완벽하게 균형 잡힌 코예요."

나는 앙투안을 위로하고 싶었다.

모두 깔깔 웃었다. 왜 웃지?

"내 코를 말한 게 아니에요. 코는 전문용어로 조향사를 뜻해요. 향을 조합하는 사람, 조향사요."

앙투안이 재밌다는 표정을 지었다.

아, 오케이.

다행히 앙투안이 내가 파리에 온 이유로 대화 주제를 바꿨다. 나는 SNS를 통한 홍보전략을 설명했다. 그리고 백신 광고를 위해 SNS에 모든 정보를 쫙 깔아 검색만 하면 누가, 무엇을, 언제, 어디서, 얼만큼 사용했는지 전부 추적 가능하게 했던 작년의 홍보 방식을 이야기했다.

솔직히 고백하면 내 일의 성과를 말할 수 있어 은근 자랑스러웠다. 때마침 카트린이 우리 대화에 끼어들었다.

"그런데 그게 재밌어요?"

모두 당혹스러운 표정을 지었다. 폴이 앙투안 부부를 다른 곳으로 데리고 갔다.

"미쳤어요! 파티에서는 절대 일 이야기를 하지 않아요!"

실비가 나에게 한심한 듯이 충고했다.

"일 이야기는 앙투안이 먼저 꺼냈어요."

"그럴 때는 자연스럽게 주제를 바꿔야죠. 우리는 파티를 하는 거지 화상 회의를 하는 게 아니에요."

이 말과 함께 소피가 긴 한숨을 내쉬고 자리를 떴다.

에밀리의 tip: 아름다운 검정색 드레스만으로 진정한 파리지엔이 될 수 없다.

윤활제 복수

다음 날, 가벼운 마음으로 사무실에 출근했다.

처음에 다소 실수가 있었지만 파티는 그런대로 잘 끝났다.

파티 도중 앙투안이 다시 말을 걸어왔다. 미처 깨닫기도 전에 그의 향이 먼저 다가왔다.

앙투안과의 거리는 아주 가까웠다.

그리고 아무렇지 않게 남자와 여자 중 누구를 더 좋아하는지 물었다. 그가 던진 질문의 의도를 깨닫기도 전에 프랑스어는 침대에서 더 완벽하게 배울 수 있다며 한 걸음 더 다가왔다.

그가 '향수는 비싼 섹스'가 생각난다고 했다. 나는 '값싼 데이트'보다는 낮지 않겠느냐고 대답했다. 내 말에 앙투안이 재미있다는 표정을 지었다. 그리고 빨리 나와 함께 일하고 싶다며 명함을 내밀었다. 앙투안과는 사적인 관계는 피하고 업무적인 관계를 유지하도록 조심해야 한다.

나는 프랑스어를 완벽하게 구사하고 싶어 인터넷 강좌를 듣기로 결심했다.

사무실에 들어가자, 쥘리앵이 '촌뜨기' 대신 '에밀리' 하고 내 이름을 불렀다. 상황이 나아지고 있는 것이 분명하다.

자리에 앉자마자 폴이 다가왔다. 그리고 환하게 미소를 지었다.

"어젯밤 파티는 대성공이었어요. 에밀리가 앙투안에게 아주 좋은 인상을 준 것 같아요. 앙투안이 향수 광고에 당신이 참여하길 강하게 원하는군요."

"좋아요! 내가 너무 들뜬 것은 아니었는지 살짝 걱정했거든요."

나는 정말 기뻤다.

검은색 원피스를 입은 실비가 우리에게 다가왔다.

"에밀리가 광고를 도와주면 나도 좋아요. 하지만 오늘 아침에 에밀리에게 바자쥔을 맡기기로 했잖아요."

"바자쥔, 그게 뭐예요?"

내가 물었다.

"캡슐이에요. 중년 여성들이 성생활에서 기쁨을 만끽할 수 있게 도와줘요."

폴이 설명했다.

"네?"

도대체 무슨 말을 하는 거지? 캡슐을 꿀꺽 삼키면, 여성들이 황홀경에 이른다고?

엄청 놀라운 제품이다. 젊은 여성을 상대로 광고해도 나쁘지 않을 것 같다. 어디 그뿐인가! 바다 건너 애인을 둔 여자에게도 안성맞춤인 제품이다. 남자 친구와의 원거리 폰 섹스가 별로이기 때문이다. 내가 시작도 하기 전에, 남자 친구는 끝나버린다(딱 10초!).

"폐경기 여성의 질 윤활제 구실을 하는 작은 캡슐이에요."

실비가 말했다.

"특정 나이가 되면 여성의 질이 건조해져 성생활에 어려움을 겪어요."

폴이 좀 더 상세하게 설명했다.

무슨 뜻인지 이해했다. 내가 홍보할 제품이 고급 향수에서 질 윤활제로 순식간에 바뀐 것이다. 폴의 말대로 중년 여성에게 중요하고 유용한 제품이다.

"제약 분야에 풍부한 경험이 있으니 아주 합리적인 결정이죠."

실비가 말했다.

"물론이죠."

내가 대답했다.

비록 마음속으로는 '물론이죠' 소리가 전혀 안 나오는 상황이지만 선택의 여지가 없었다. 메시지는 분명했다. 우선 내 능력을 증명하라는 뜻이다. 신나게 폐경기 여성의 질에 대해, 아니 제품 특성에 관심을 가져야 한다. 하지만 당장 생각나는 것이 없다. 혹시 실비가 어느 정도 정보를 줄 수 있지 않을까? 폐경기 여성이 하는 고민을 알고 있지 않을까, 안 그래?

아하, 캡슐을 이미 시험해봤을 수도 있다. 경험만큼 제품에 대해 잘 알려줄 수 있는 것은 없다. 나중에 실비에게 그녀가 경험한 것을 물어봐야겠다. 친해지는 데에 질 건조증에 관한 대화만큼 좋은 소재는 없을 것이다.

폴이 떠났다. 실비가 갑자기 가던 걸음을 멈추고 고개를 돌렸다.

"어제 저녁, 파티에서 앙투안과 아주 가까이 있더군요."

"뭐라고요? 아, 네!"

"앙투안이 당신한테 무척 적극적이더군요. 앙투안이 매력적이던

가요?"

앙투안은 매력적이다. 그것만은 인정해야 한다. 확실히 앙투안은 매력적이다. 나도 모르게 그가 매력적이라고 대답했다가 이내 말을 바꿨다.

"아니, 아니에요! 그는 결혼한 사람이에요. 게다가 그의 부인도 만났어요."

"네, 어쨌건 앙투안이 매력적이라는 거군요."

실비는 끈질겼다.

"그는 고객이에요. 게다가 결혼한 사람이고요."

"맞아요. 그리고 그의 아내, 카트린은 내 가장 친한 친구예요. 바 자쥔에 관한 자료를 모두 넘겨줄게요."

그것은 앙투안과 너무 친하게 지내지 말라는 경고였다.

오케이, 확실히 알아들었다.

실비가 떠나자 쥘리앵이 다가왔다.

"네가 알아둬야 할 것이 있어. 실비는 앙투안의 애인이야."

오마이갓, 뭐라고?

그러니까 실비가 제일 친한 친구의 남편에게서 나를 떼내려고 한 것이 우정 때문이 아니라 그 남자와 자는 사이이기 때문이라고?

질투다. 간밤에 애인과 가까이 있었다는 이유로 실비가 나에게 복수한 것이다. 질 윤활제로 크게 한 방 날린 것이다.

실비가 제대로 나를 속였다.

손님은 늘 틀린다

친절한 얼굴을 보고 싶다. 아무 소리나 마구 지껄일 수 있는 수다와 웃음이 필요하다. 나는 아직 시카고에서 즐기던 수다의 즐거움과 웃음이 주는 행복을 기억한다. 실비와 짜증나는 바자쥔을 잊게 할 만한 수다와 웃음이 필요하다. 수다와 웃음에 관해 민디만 한 사람이 있을까? 민디 외에 '다른 누가 있는가'가 더 맞은 표현일 것이다.

나는 파리에 민디 외에 아는 사람이 아무도 없다. 다행히, 민디가 저녁 식사 초대를 받아주었다. 우리는 내 집 근처에서 만났다. 레스토랑에 가면서 민디에게 지금까지 있었던 일을 모두 이야기했다. 바람둥이 조향사 앙투안을 예의 바르게 내쳐야 한다는 것도, 절친을 배신한 실비가 도덕을 가르치려 했다는 것도 이야기했다. 아니, 생각나는 것은 뭐든 상관없이 다 이야기했다.

"애인 앞에서 다른 여자에게 연애를 걸지는 않아. 그건 아내 앞에서 다른 여자와 시시덕거리는 것보다 더 끔찍해."

앙투안을 언급하며 민디가 말했다.

"분명히 말하는데, 둘 다 같은 공간에 있었어. 앙투안의 아내가 남편이 실비와 바람피우는 것을 알고 있다고 생각해?"

"물론이지! 나는 그의 아내도 동의했다고 확신해."

뭐라고?

앙투안의 아내도 애인이 있고 두 사람은 배우자가 누구와 바람을 피우든 상관하지 않을 것이라는 민디의 말에 머리가 지끈거렸다. 빨리 프랑스 와인 한 잔 마시고 기분 전환을 해야겠다. 레스토랑은 무척 매력적이었다. 식탁에 앉자마자 기분이 풀렸다.

"상테!"

"상테!"

민디가 내 건배를 받아줬다.

"파리는 어떻게 오게 된 거야?"

내가 물었다.

"경영대학원 때문에. 우리 아빠가 우겼거든. 설득력이 대단한 분이야. 아빠는 중국에서 지퍼를 만드는 거대한 회사의 대표야. 지퍼 왕이지. 아빠는 말 그대로 중국 앞트임 시장을 주무르고 있어. 실은 아빠의 꿈은 유일한 자식, 다시 말해 내가 가업을 잇는 거야."

"그럼 너는, 너의 꿈은 뭐야?"

"가업을 잇는 것 빼고 뭐든 상관없어. 하지만 어렸을 때부터 항상 파리에서 사는 꿈을 꿨어. 그래서 여기 학교에 입학했고 곧바로 자퇴해버렸어."

곧 '그라탕 도피누아*이 곁들여진 스테이크'가 나왔다. 요리를 주문한 것은 민디다. 스테이크는 무척 맛있게 보였다. 하지만 고기가 익었더라면 더할 나위 없이 좋았을 것이다. 나는 이해가 되지 았다.

---

* 도피네 지방의 전통 음식

선사시대 사람들이 왜 불을 발견했겠는가? 음식을 익혀서 먹으려고 그런 것이 아닌가! 그들이 불을 발견한 것이 아무 소용 없게 된 순간이다.

나는 종업원을 불렀다.

"고기를 미디움으로 구워달라고 했는데 이건 완전 레어예요."

"네, 핏기가 완연해요. 분명 미디움으로 해달라고 주문했어요."

민디가 프랑스어로 거들어줬다.

종업원은 말없이 접시를 가지고 갔다. 그리고 얼마 지나지 않아 접시를 가지고 왔다.

"셰프가 고기의 굽기 정도는 완벽하다고 하네요."

종업원이 말했다.

오케이이이.

그렇다면 이 레스토랑은 손님의 입맛을 셰프가 결정한다는 뜻인가? 셰프에게는 안된 일이지만, 사람을 잘못 만났다. 기분 나쁜 하 루를 보낸 나로서는 저녁 식사마저 망치고 싶지 않다. 자신이 세상의 왕이라고 주장하는 사람이라도 참을 수 없다. 나는 스테이크를 미디움으로 주문했고 미디움을 먹고 싶다. 셰프에게 진짜 미국인이 어떤지 보여줄 것이다.

"셰프에게 이상적일지 몰라도 나한테는 아니에요."

"셰프는 손님이 일단 맛을 보시길 바라는데요."

종업원이 우겼다.

"나는 셰프가 스테이크를 좀 더 익혀주길 바라요."

손님은 언제나 옳다. 위대한 셰프라도 손님이 요구한 대로 해야 한다. 잠시 후, 셰프가 나왔다. 이런, 내 눈을 믿을 수 없다. 요리

사는 슈퍼 섹시 가이, 가브리엘이었다. 하얀색 유니폼을 입은 모습이 더 섹시했다. 모든 것이 정말 잘 어울렸다.

"가브리엘?"

예상치 못한 그의 등장에 깜짝 놀랐다.

"에밀리."

"전 민디예요."

민디가 손을 들어 인사했다.

"음식에 문제라도?"

가브리엘이 물었다.

"아니, 아니! 모두 괜찮아요. 완벽해요."

가브리엘처럼 모두 완벽했다.

가브리엘이 스테이크를 맛보라고 권했다. 그가 시키는 대로, 미소를 띠며 스테이크를 한 점 먹었다. 오, 이런, 놀라운 정도로 부드러운 데다 육즙이 가득했다. 나는 사르르 녹아내렸다. 아니, 스테이크가 입 안에서 사르르 녹았다.

가브리엘을 바라보며, 그가 해주는 음식은 뭐든지 먹을 수 있겠다고 생각했다. 입에 들어가면 모든 것이 똑같을 것이다.

평소에 나는 덜 익은 고기를 먹지 않는다. 하지만 오늘 저녁 스테이크는 정말 특별했다. 왜냐하면 가브리엘이 만든 것이기 때문이다.

엄청난 한 방

민디와 함께 한 저녁 식사는 정말 즐거웠다.

일요일, 나는 시장에 갔다. 매대마다 싱싱하고 맛있고 질 좋은 물건이 엄청 많았다. 너무 많아 무엇을 골라야 할지 행복한 고민을 했다. 하지만 간혹 냄새가 뭐라고 해야 하나…… 아주 강렬한 것들이 있었다. 치즈와 소시지 냄새가 그랬다. 하지만 시장에 머무는 시간이 길어질수록 내 코도 그 냄새들에 익숙해졌다.

내가 진짜 파리지엔이 되어가는 걸까?

제발 그럴 수 있길 간절히 바란다.

시장을 보고 난 후, 지구상에서 가장 좋아하는 우리 동네 빵집에 갔다. 그리고 빵집 주인과 셀카를 찍어서 포스팅했다. 처음에 주인은 내 발음에 무척 곤혹스러워했지만 금방 익숙해졌다. 빵집 주인은 나의 스타이며 뮤즈다!

#봉주르_한마디로_시작된_인연!
@emilyinparis

오늘 아침, 파리가 무척 좋았다. 특히 내 집이 그랬다. 내가 좋아하는 빵집 주인의 말처럼, 오늘 아침은 화룡점정이었다.

드디어 남자 친구가 나를 보러 오려고 일주일간 휴가를 냈다.

내가 남자 친구 생각을 하는 그 순간, 그에게서 전화가 왔다. 서로 마음이 통한 것이다. 바로 그거다.

"하이! 지금 공항이야?"

내가 한층 들뜬 목소리로 물었다.

"휴가를 신청하고 가방을 쌌어. 그리고 생각했어. 하루 종일 무얼하지?"

이게 무슨 소리야? 파리에 오는 거야. 파리!

"뭐라고? 파리를 구경하면 되잖아. 훌륭한 건물이 아주 많아."

"그래. 그렇지만 나 혼자 구경해야 하잖아. 너는 일하러 가고."

남자 친구가 말했다.

"아, 파리는 점심시간이 아주 아주 길어. 약속하는데, 오후에 세 시간쯤 너랑 루브르에 갈 수도 있어. 그것도 아무도 눈치채지 못하게 말이야."

그의 한숨 소리가 들렸다. 뭔가 다른 것이 있는 게 분명하다. 그가 하고 싶은 말을 다 못하고 있었다. 남자 친구가 진짜 하고 싶은 말은 내 마음에 썩 들지 않을 거라는 것을 느꼈다.

"장거리 연애는 너무 힘들어."

드디어 그가 속마음을 털어났다.

"비행기 타고 파리에 와서 그때 이야기해."

"아니야, 너의 계획에 호응을 못 해주는 건 미안한데 나는 시카고에서의 삶이 좋아!"

"자기야, 우리 지금 파리를 이야기하는 중이야!"

나는 알고 있었다. 우리의 대화가 어떻게 끝날지 분명하게 알고 있었다. 초고속 열차처럼, 피할 수 있는 문제가 아니다. 내 꿈과 남자 친구 중 선택해야 한다. 진정한 사랑은 거리도, 시간도 이겨낼 수 있다고 말한다. 하지만 우리 관계는 기껏 사흘을 넘기기 어려운 듯 하다.

"잠깐…… 자기, 파리에 올 생각이 없는 거야? 전혀?"

"네가 집으로 돌아오면 돼."

'집으로'

남자 친구는 나를 자신의 강아지 취급하고 있다.

그의 의도가 무엇인지 알지만 조금도 마음에 들지 않는다.

"만약 돌아가지 않으면 어떻게 되는 거야? 우리 관계는 끝이야? 도저히 믿을 수 없어. 소중한 마일리지 잘 보관했다가 축구 경기나 보러가는 데 써. 평생 시카고에서 잘 살아. 파리는 사랑과 낭만과 불빛과 열정과 섹스가 넘치는 곳이야. 너는 그런 것이 아무 의미가 없는 거야!"

내가 말했다.

"잠깐! 내 말 들려? 아직 듣고 있는 거지? 아무래도 너를 놓친 것 같아."

남자 친구가 머뭇거리며 말했다.

"응, 그래."

슬프지만 나는 인정했다.

꿈과 남자 친구 중, 나는 꿈을 선택했다.

어휘 문제

다음 날, 우울한 내 기분을 위로하려는 듯, 파리에 굵은 비가 내렸다. 남자 친구와 끝났다는 것이 여전히 믿겨지지 않았다. 슬펐다. 그리고 절망스러웠다. 파리를 돌아다니며 낭만적인 순간을 함께 나누면 내가 왜 그토록 이 도시를 사랑하는지 그가 이해할 것이라고 생각했다. 하지만 그 사람은 아무것도 이해하지 못했다. 아무것도.

나는 파리에 오면서 내 꿈을 이뤘다. 꿈을 이루면 대가를 치르게 될 것이라고는 상상조차 못 했다.

사무실 책상에 있는 바자쥔은 깨진 연애를 위로하라고 있는 것이 아니다. 비록 남자 친구와 이별했지만 실비가 던진 윤활제 도전장을 정식으로 받아들일 것이다.

몇 가지 검색을 하고 난 후, 이상한 점을 발견했다.

정말 황당했다.

나는 곧장 실비에게 달려갔다.

"왜 질(vagin)이 여성형이 아니라 남성형이죠?"

"아, 질에 대해 이야기하자고요? 여자한테 달린 거지만 남자가 소유하는 물건이라서? 반대로 고환(verge)은 여성형이에요."

오케이이이.

그렇다면 단어가 갖는 성에는 어떤 논리성도 없다는 내 생각이 맞았다. 정말 수치스러운 일이다. 마치 여성의 여성성과 사적인 감정과 즐거움이 남성에게 달려 있는 것 같은 기분이었다.

뭐라고 하든 간에, 내 몸의 질은 내 것이고 앞으로도 영원히 내 것이다.

책상으로 돌아와, 나는 바자쥔 사진을 찍어 포스팅했다.

#질은_남성형이_아니다!
@emilyinparis

트윗으로 충분해

　더 이상 동료들과 같이 점심을 먹으려고 노력하다가 피곤해지지 않기로 했다. 다시 모욕당하고 싶지 않았다. 대신 공원에서 민디를 만나 휴식을 취했다. 민디는 위로해주고 격려해줬다. 비논리적이고 불안정한 프랑스 문화에 적응할 수 있게 도와줬다. 그리고 무엇보다 민디는 내 친구다. 민디를 만나 정말 행복하다.

　민디 덕에 조금 가벼워진 기분으로 사무실로 향했다. 폴, 실비, 쥘리앵, 뤼크가 그들이 가장 좋아하는 사무실 옆 레스토랑 테라스에 있었다. 그들을 못 본 척 지나가기로 마음먹었다. 몇 시간 동안 그들은 사무실로 돌아오지 않을 것이다. 나에게는 빵보다 바자쥔이 있다. 나는 이 작은 캡슐이 얼마나 유용한지 홍보할 아이디어를 생각하고 있다. 실비에게 앙투안과 관계할 때 바자쥔을 써봤는지 물어볼 수 없기 때문에 내 상상력을 믿어보기로 했다.

　그 순간, 민디에게서 문자가 왔다.

　"브리지트 마크롱*이 네 트윗을 리트윗했어!"

　오마이갓! 내가 꿈을 꾸고 있는 걸까? 직접 확인하면 된다.

* 프랑스의 영부인

거리의 소음과 경적 소리, 욕하는 소리가 들렸다. 나를 제외한 사무실 사람들은 여전히 와인 잔을 앞에 둔 채 테라스에 앉아 있었다. 이제 곧 2시다. 그들은 마치 휴가를 즐기는 사람처럼 느긋하게 대화를 나누고 있었다.

저 앞에 개똥이 있다. 길에 개똥이라니!

의심할 바 없이 나는 파리에 있다. 그리고 그건 꿈이 아니라 현실이다.

프랑스 영부인도 나와 같은 생각이었다. 그녀도 질이 남성형인 것이 이해가 안 된다고 생각했다.

오마이갓!

엄청난 홍보 효과다! 이보다 더 좋은 광고는 없다. 브리지트 마크롱의 뜻밖의 리트윗 덕분에 곧 사람들이 바자쥔에 대해 이야기할 것이다.

행복해! 하늘을 나는 기분이었다.

질 만세! 브리지트 만세!

폴이 부르는 소리에 행복한 순간이 와장창 깨졌다.

"에밀리! 에밀리! 이리 와서 앉아요. 자, 얼른!"

폴이 환한 미소를 지으며 나를 불렀다.

더 이상 내가 혐오스러운 존재가 아니란 뜻인가?

"포스팅한 것 보셨군요?"

자리에 앉으며 내가 물었다.

"에밀리, 당신은 내가 소중한 추억을 갖고 에이전시를 마음 편히 떠날 수 있게 해줬어요."

폴이 말했다.

폴의 칭찬에 미소로 답했다. 멋진 승리였다. 나는 스스로 자랑스러웠다.

"나도 무척 만족스러워요."

"그래요. 브라보, 에밀리. 당신 앞에 사부아르의 새 장이 펼쳐질 거예요."

실비가 떨떠름한 목소리로 말했다. 실비는 이 모든 칭찬이 전혀 달갑지 않은 표정이다.

맞다. 그럴 것이다. 폴이 더 이상 회사를 경영하지 않으니 나는 미국적인 감각과 비전을 제시할 수 있을 것이다. 사부아르 에이전시를 매입한 것이 시카고에 있는 나의 회사라는 점을 절대 잊어서는 안 된다. 나에게는 사부아르의 정책을 바꿀 권한이 있다!

요컨대, 원칙적으로는 그렇다.

내가 실비의 일그러진 미소를 보며 으스대면, 싸움에서 이기는 길은 점점 멀어질 것이다. 가장 고약한 점은 내가 실비를 좋아한다는 것이다. 나는 실비를 존경한다. 그녀의 카리스마와 자신감을 닮고 싶다.

하지만 이 모든 것이 내 일방적인 감정인 것이 안타까울 따름이다.

소변기와 비데

　파리 생활이 재밌는 이유는 놀라움에 끝이 없기 때문이다. 오늘 아침, 조깅을 하다가 놀라운 것을 봤다. 파리 남자들은 밖에서 볼일을 본다.

　오마이갓!

　실제로 파리 남자들은 거리에 설치된, 식물들로 예쁘게 치장한 아주 이상한 소변기에 볼일을 본다. 그렇다고 해도 정말 끔찍하다. 벌건 대낮에 아무렇지 않은 표정으로 당연하듯 볼일을 본다.

　나는 여전히 충격에서 벗어나지 못한 채 집으로 돌아왔다.

　그리고 헉!

　샤워를 하는데 갑자기 물이 끊겼다. 목욕 가운을 걸치고 수건으로 머리를 감싼 채 관리인을 만나러 1층으로 내려갔다. 솔직히 관리인은 늘 불친절했다.

　나 때문에 건물 전체에 전기가 나간 적이 있기는 하다. 딱 한 번. 음…… 뭐라고 해야 하나…… 사소한 개인적 필요로 기계를 콘센트에 꽂았는데 갑자기 '펑' 하며 전기가 나갔다.

　그 일로 관리인이 엄청 화를 냈다. 그렇지만 가장 짜증나고 화난 사람은 나였다.

　나는 샤워기 문제를 최대한 침착하게 관리인에게 설명하려고 했다.

　"그런 차림으로 밖에서 뭐하는 거예요? 카니발에라도 갈 참이에요?

　관리인이 화를 냈다.

　다행히 부드러운 스테이크를 만드는 데 천재적인 소질이 있는 셰프가 때마침 나타났다.

　"샤워기에서 물이 안 나온다는군요."

　가브리엘이 대신 설명해줬다.

　"지난 주에는 퓨즈를 끊었어요! 저 여자는 왜 모든 것을 망가트리죠? 왜 모든 것을 망가트리는지 설명 좀 해달라고 해줘요."

　관리인이 화를 냈다.

　"나는 아무 짓도 안 했어요. 머리를 감는데 물이 딱 끊겼어요!"

　나는 해명했다.

　"이 건물 수도는 괜찮아요. 하지만 500년 전에 설치된 배관이 문제죠."

　가브리엘이 설명해줬다.

　500년이라고? 500년 전이면 미국은 존재하지도 않았다. 배관이 낡은 것은 당연했다. 그렇다면 배관을 바꿔야 할까? 모르겠다.

　"관리인이 뭐라고 해요?"

　가브리엘에게 물었다.

　"배관공을 부르겠대요."

　흠흠, 가브리엘이 관리인의 말을 조금 순화해서 말하는 것이 확실했다. 귀여웠다.

"배관공이 올 때까지 어떻게 해요?"

가브리엘이 관리인에게 물었다.

"비데를 쓰면 돼요."

관리인이 짓궂은 미소를 지으며 대답했다.

비데. 그게 무언지 나도 안다.

이럴 수가!

혁명!

비데에서 머리를 감고 난 후, 프랑스어 수업을 들으러 갔다. 수업에 참석하는 편이 훨씬 나으리란 결론을 내렸다.

오늘, 중요한 문장을 배웠다.

'나는 당신의 부츠가 좋아요.'

에이전시에 가는 길에 실비를 만났다. 나는 실비를 기쁘게 하려고 학원에서 배운 말을 써먹었다.

"안녕하세요, 실비! 나는 당신의 부츠가 좋아요!"

나는 사소한 칭찬이 그녀의 기분을 좋게 하지 않을까 생각했다. 실비와 친해지려면 어떻게 해야 할지 더 이상 모르겠다. 내가 무슨 말을 하건, 어떤 행동을 하든, 나를 싫어했다.

"아, 고마워요."

실비가 대답했다.

"그런데 왜 그렇게 항상 웃어요?"

실비가 물었다.

"그건 '안녕하세요'라고 인사하는 것을 좋아하기 때문이에요. 날씨도 좋고, 그리고 나는 파리에 있잖아요."

"그렇게 해도 아무 소용없어요. 내 말 믿어요. 오늘은 힘든 날이 될 거예요. '드 뢰르'의 중요한 촬영이 있어요. 하루 종일 웃고 있으면 사람들이 당신을 바보 취급할 거예요."

오케이이이.

내가 앙투안에게 웃는 것이 더 신경쓰이는 것은 아닐까?

"조심할게요, 약속해요."

"당신이 행복하면 웃어도 돼요. 그런데 진짜 행복해요?"

"으음, 어제 남자 친구랑 헤어졌어요. 오늘 아침에는 500년 이상 된 배관 때문에 샤워하는데 물이 끊겼어요. 그래서 비데에서 머리를 감았어요. 하지만 괜찮아요. 그게 인생이잖아요!"

부끄러운 나의 고백을 통해 실비와 단단한 연대가 생기길 바랐다. 어쩌면 실비와 내가 친구가 될 수도 있지 않을까? 회사 건물 앞에 도착했다. 현관문을 미는데 실비가 나를 향해 시선을 돌렸다.

"인스타그램에 그거 올릴 거죠? 해시태그 비데와 머리."

실비가 물었다.

그녀가 살짝 빈정대는 미소를 지었다. 나도 SNS에 올릴 생각을 하기는 했다. 실비가 곧바로 나를 좋아할 수는 없을 것이다. 하지만 그녀를 즐겁게 하지 않았나?

내가 사무실에 발을 들여놓기 무섭게 뤼크가 내 코 밑에 종이를 들이밀었다. 시카고 본사에서 보낸 '업무지침'이다. 솔직히 사부아르의 업무 방식은 내가 사는 건물 배관만큼이나 오래된 것 같다. 모든 것을 현대화할 시점이다.

"미안하지만 이게 무슨 말인지 설명해줄래요? 당신이 보낸 걸로 되어 있는데요."

뤼크가 큰소리로 말했다.

한눈에 봐도 그가 단단히 화가 났다는 것을 알 수 있었다. 뤼크가 큰소리로 공문을 읽기 시작했다.

"어떤 상황에서도 긍정적이고 건설적이어야 한다. 결코 지각을 해서는 안 된다. 칭찬은 공개적으로 하고 비판은 개인적으로 한다."

그래서 뭐? 도대체 문제가 뭔데?

나는 뤼크의 이의제기가 이해가 안 됐다.

뤼크의 뒤에서 쥘리앵이 새로운 업무지침을 읽고 있었다. 쥘리앵도 기분 좋은 표정이 아니었다.

"동료와 사귀는 것도 금지예요?"

"중요한 것은 우리는 팀이라는 거예요. '나'보다 '우리'가 우선이죠."

내가 설명했다.

"하지만 우리는 미국이 아니라 프랑스에 있어요. 프랑스에서는 '나'가 중요하고 우선이에요."

실비가 반대 의견을 냈다.

"미국에서도 그래요. 하지만 마찬가지로 팀으로서도 비전을 갖자는 거예요."

내가 주장하자 뤼크가 매섭게 노려봤다.

"아니요, 당신이 하려는 것은 프랑스 정신을 파괴하는 거예요!"

뭐라고? 그건 단지 업무지침일 뿐이다! 바게트 빵을 어떻게 만드는지 가르치거나 와인을 마시지 말라고 하는 것이 아니다.

이 말과 함께 잔뜩 화가 난 디바처럼 뤼크가 자리를 떴다. 쥘리앵도 그 뒤를 따랐다. 내가 혁명을 일으킨 건가?

울라라라!

제발 그들이 마리 앙투아네트에게 그랬듯이 내 머리를 자르지 않길 바랄 뿐이다.

너무 흥분했어!

아직 내 머리가 붙어 있는 덕분에 나는 쥘리앵, 실비와 함께 아름다운 파리 명소, 알렉상드르 3세 다리까지 가는 특혜를 누렸다. 다리에서 보는 풍경에 숨이 멎었다. 다리에서 '드 뢰르'의 광고를 촬영할 것이다. 멋지다!

앙투안이 우리를 기다리고 있었다.

"에밀리! 다시 만나 기뻐요."

그가 나에게 인사를 건넸다.

실비에게 한 것처럼 내 볼에 뽀뽀를 했다. 프랑스에서는 사람들이 모두 그와 같이 인사한다는 것을 알고 있다. 동네 빵집 주인과도 하고 우체부하고도 하고 관리인하고도 하고. 프랑스에서는 모두가 비주, 즉 볼뽀뽀를 한다.

아니다, 우리 건물 관리인과는 안 한다. 그녀는 정말 못됐다.

"안녕하세요. 여기에 오니 흥분되네요!"

내가 말했다.

"흥분했다고요, 정말로?"

앙투안이 재밌다는 듯 물었다.

"흠흠, 프랑스 말로 흥분했다는 뜻은 설레다가 아니라 성적으로 흥분했다는 거예요."

쥘리앵이 조심스럽게 설명해줬다.

아? 이런!

똑같은 뜻도 아닌데, 왜 그렇게 비슷한 단어를 만들어 놓은 거야? 나를 창피주려고 그런 거야?

"에밀리를 용서해줘요, 앙투안. 오늘 아침에 비데에서 머리를 감아서 그래요."

실비가 끼어들었다.

프랑스어는 쉬운 언어가 아니다.

앙투안이 출근하는 우아한 젊은 여성이 등장하는 영상을 만들 것이라고 설명했다. 그녀가 다리를 건너는 동안, 남자들이 꿈꾸고 원하는 여성으로 변신할 것이라고 했다. 그 말을 들으니 정말 기대가 됐다!

촬영은 바로 시작됐다.

알몸이 금세 사람들에게 둘러싸였다. 아니 그게 아니라, 톱모델이 알몸이었다. 실오라기 하나 걸치지 않은 완전한 알몸!

내가 놀란 것이 알몸 때문만은 아니었다. 정장을 입은 남자들이 모델이 지나갈 때 그녀를 쳐다보는 것을 촬영하는 콘셉트 때문이었다. 나로서는 생각할 수 없는 일이었다. 요즘처럼 페미니즘의 목소리가 높을 때에 있을 수 없는 일이었다.

"어떻게 생각해요?"

앙투안이 의견을 물었다.

"정말 좋아요."

실비가 앙투안의 무릎을 토닥이며 말했다.

"에밀리는 어때요?"

그가 나에게 물었다.

나는 조심하려고 애쓰며 말했다.

"그게, 왜 모델이 알몸이어야 하는지 이해가 안 돼요."

"그녀는 알몸이 아니에요. 향수를 입었어요. 섹시하지 않아요? 안 그래요?"

앙투안이 해명했다.

"섹시일까요, 성차별일까요? 누구의 꿈이죠? 남성의 꿈, 아니면 여성의 꿈인가요? 미국인들이 좋아하지 않을 것은 확실해요."

내가 분명하게 말했다.

"뭐가 문제죠? 설명해주세요. 흥미롭군요."

앙투안이 묻더니 촬영을 중단시켰다. 실비의 눈에서 레이저가 뿜어져 나왔다. 나는 그들과 함께 자리에 앉았다. 와인이 제공됐다. 나는 내 생각을 이해시키려고 애썼다. 알몸의 여자는 남자의 눈요기에 불과하다는 부분을 설득하려고 애썼다. 지금 같은 시기에 이 영상은 적절하지 않다. 특히 #MeToo 운동 때문에 더더욱 그렇다. 브랜드의 명성을 실추시키는 쓸데없는 논쟁이 벌어질 수 있었다.

하지만 내 의견은 먹히지 않았다.

앙투안이 자신의 향수 이미지를 망가트리려 한다면, 이보다 더 나은 광고는 없을 것이다!

뭔가 해야 했다.

샤워를 해? 말아?

오늘 아침, 배관공이 문을 두드렸다. 불친절한 관리인이 자기 할 일을 한 것이 분명했다. 배관공이 샤워 부스 안에서 수도꼭지를 요리조리 돌렸다. 그리고 한숨을 쉬더니 절망스러운 표정으로 나를 바라봤다.

"안 돼요."

"어떻게, 안 돼요?

"불가능해요."

"왜 불가능해요?"

불가능하다니, 그건 미국식 어휘가 아니다! 그리고 나는 무조건 씻어야 했다. 배관공이 프랑스 말로 설명했지만, 무슨 말인지 알아들을 수 없었다. 그래서 가장 좋아하는 통역사, 가브리엘을 데리러 아래층으로 갔다.

"안녕하세요. 배관공에게 말 좀 해주시겠어요?"

나는 곧바로 본론으로 들어갔다. 아, 맞다. 좀 더 예의바르게 인사해야 했는데……. 잠이 덜 깬 상태인데도, 셔츠 차림에 완벽한 근육을 드러낸 가브리엘은 여전히 멋졌다.

민디의 말처럼 그대로 잡아먹을 수 있을 것 같다. 흠흠. 파리 곳곳에 세워진 멋진 조각상들이 떠올랐다. 어쨌거나 너무 이른 시간에 그의 문을 두드린 것은 사실이었다.

"안녕하세요, 가브리엘. 오늘 좋아요?"

가브리엘에게 인사를 했다.

"피곤하지만 물어봐줘서 고마워요. 아주 멋진 꿈을 꾸고 있었는데 미국인이 잠을 깨웠어요. 으음, 아직 꿈을 꾸고 있는 것이 분명해요."

"아니, 아니. 가브리엘, 당신 완전히 깼어요. 샤워기를 고치기 전에 배관공이 떠나면 안 돼요."

나는 가브리엘의 손을 이끌고 내 집으로 올라갔다. 가브리엘이 배관공과 이야기를 나눴다. 제발 배관공이 샤워기를 고칠 수 있다고 했으면 좋겠다. 배관공이 하는 말을 한 마디도 알아듣지 못했다.

"배관공이 뭐라고 해요?"

가브리엘에게 물었다.

"커피를 마시고 싶대요. 그리고 크라상도 먹고 싶다는군요."

아? 이것도 프랑스 문화인가 보다. 아침 일찍 배관공을 부르면 힘낼 수 있게 아침 식사를 제공해야 한다.

기록해둬야겠다.

가브리엘과 배관공은 내가 좋아하는 동네 빵집에서 사온 빵을 내 식탁에서 먹으며 신나게 수다를 떨었다. 쓸데없는 말을 하고 있는 것이 분명했다. '축구' 같은 몇 마디 말을 알아들었기 때문이다. 그런데 내 샤워기는? 샤워기가 저절로 고쳐지는 것은 아니지 않나? 어렵게 질문을 꺼냈다. 나는 배관공의 대답에 할 말을 잃었다. 부품이 도착할 때까지 기다려야 한다고 했다. 며칠이 될 수도 있고, 몇 주가 걸릴 수도 있다고 했다.

그럼 나는 어떻게 씻는단 말인가? 내가 가브리엘에게 던진 질문이다.

"오케이, 그럼 고칠 때까지 나는 어떻게 해요?"

"내 샤워기를 써요."

가브리엘이 아주 매력적인 미소를 지으며 대답했다.

나는 엄청난 금액의 로또에 당첨된 기분이었다. 매일 아침, 가브리엘의 문을 두드릴 수 있는 구실이 생겼다.

흠흠흐…….

그만!

가브리엘 덕분에 샤워를 하고, 아니 내 말은 가브리엘의 집에서 샤워를 하고 프랑스 수업을 들으러 갔다. 오늘은 파티에 초대하는 법을 배웠다.

좋았어!

언젠가 써먹을 날이 있을 것이다.

언젠가!

사무실에 들어가자 실비가 왔다. 예상했던 일이다. 실비는 광고 영상을 찍을 때 내가 끼어든 것을 전혀 달가워하지 않았다. 하지만 그 후로 생각해보지 않았을까? 그녀가 내린 결론은 무엇일까?

"어제 당신이 한 지적과 질문 때문에 우리는 엄청난 비용을 지불하게 됐어요."

실비가 나를 비난했다.

실비는 언제나 나를 못마땅해한다.

"안녕하세요, 실비."

나는 활짝 웃으며 인사했다.

"앙투안이 영상을 보여주러 오늘 사무실에 들를 거예요. 아무 말도 하지 않길 바라요."

"당신이 동의하지 않으면 한 마디도 하지 말아요? 한 마디도 말이죠?"

실비도 여자다. 어떻게 그 광고 기획을 용납할 수 있단 말인가?

"남자와 여자에 대한 내 시각은 그렇게 단순하지 않아요. 에밀리의 시각은 너무 미국적이죠."

실비가 말했다.

"네, 그래서 제가 여기 온 거예요. 미국적인 시각을 입히려고 말이죠."

"당신은 너무 고지식해요."

그게 무슨 문제라도 있단 말인가? 어쨌든 그것은 성격이나 감정의 문제가 아니다. 문화도 아니다. '드 뢰르'의 광고는 시대와 전혀 맞지 않을 뿐만 아니라 파국을 향해 치닫고 있다. 왜 나만 그 사실을 깨닫고 있지?

"나는 광고도 시대의 요구에 귀 기울여야 한다고 믿어요. 솔직히 앙투안이 걱정돼서 그래요."

실비가 엷은 미소를 띠었다. 그리고 내가 강아지인 양 내 코를 토닥였다.

"앙투안은 나에게 맡겨요."

벽에다 대고 이야기하는 느낌이었다. 그리고 실망한 채로 내 사무실로 갔다. 책상 위에 아주 특별한 예술작품이 놓여 있었다. 누군가 '업무지침'에 페니스를 그려놨다.

달라도 너무 달라, 정말!

나는 분에 못 이겨 쥘리앵을 매섭게 노려봤다.

"이것을 누가 내 책상에 뒀는지 알고 있죠?"

"나는 아니에요. 내 것은 훨씬 꼿꼿해요."

그가 뤼크를 가리키며 대답했다.

나는 아무 말도 할 수 없었다.

실비는 내 말을 들으려 하지 않고 뤼크는 자신의 페니스를 그려 나에게 줬다.

나는 질렸다.

상세르 와인과 아이디어

네 시간 동안 민디와 점심을 먹고 상세르 와인을 마시고 나자 기분이 좀 나아졌다. 민디의 말에 의하면, 불쾌하게 하는 것이 프랑스 문화라는 것이다. 그러므로 동료들이 나를 불쾌하게 하는 게 당연하다!

오케이이이.

나를 위로하려고 민디가 다음 주말에 작은 파티를 열겠다고 했다. 그녀의 고용주가 시골 별장에 가서 집이 빈다고 했다. 나는 그 시간이 기다려졌다!

주말이 오길 기다리며, 나는 앙투안과 회의에 참석했다. 영상을 봤다. 실망스러웠다. 내가 생각한 것보다 훨씬 더 형편없었다.

"그래, 어떻게 생각해요? 섹시한가요, 성차별인가요?"

앙투안이 의견을 물었다.

"확실히 섹시해요!"

뤼크가 적극적으로 대답했다.

그럴 줄 알았다. 동료 책상에 자신의 페니스를 그려서 올려놓을 정도의 사람이라면 성격이 어떤지 알 수 있다.

앙투안이 나에게 고개를 돌렸다.

"에밀리의 의견을 듣고 싶군요."

이상하게도, 아이디어가 떠올랐다.

"음, 내 생각은 중요하지 않아요. 중요한 것은 당신 고객들이에요. 그들이 결정할 문제라고 생각해요. '섹시한가 성차별인가'라는 설문 문구와 함께 광고 섬네일을 SNS에 올려보죠. 사람들의 반응을 보고 결과에 따라 선택하는 거예요. 광고도 될 거예요."

나는 실비의 차가운 시선은 무시했다. 내 아이디어가 괜찮다는 것을 알기 때문이다.

앙투안이 큰 목소리로 고민을 했다.

"섹시한가 성차별인가…… . 어쩌면 둘 다 일수도, 아니면 스캔들이 될 수도 있고…… . 해보죠!"

시카고에 있었다면 크게 환호성을 질렀을 것이다. 하지만, 여기는 파리다. 나는 미소, 미소, 미소로 만족했다.

#섹시한가 #성차별인가
@emilyinparis

완벽한 실패를 위한 작은 파티

실비가 나를 좋아하지 않는다는 것을 알고 있다. 그래서 민디의 저녁 파티에 그녀를 초대했다.

나는 어쩌면 파리에서 1년도 버티지 못할 수도 있다. 하지만 올 해만큼은 가장 멋진 한 해로 만들고 싶다. 특히, 실비와의 터무니없는 싸움은 진저리 난다.

저녁 8시, 나는 와인 한 병을 들고 민디의 집으로 갔다. 민디의 친구 몇 명과 함께 하는 소소한 저녁 식사라고 생각했다. 하지만 민디가 문을 여는 순간, 귀청이 떨어질 것 같은 음악 소리가 들렸다. 수십 명의 사람이 집 안에서 술을 마시고 춤을 추고 있었다.

이게, 작은 파티라는 건가?

"오, 특별 게스트가 드디어 도착했네요. 여러분! 에밀리예요! 에 밀리는 파리에 있는 홍보 회사에서 일하려고 시카고에서 왔어요."

민디가 큰소리로 사람들의 이목을 집중시켰다.

손님들은 흘긋 나를 쳐다보고 금세 고개를 돌렸다. 나도 대화를 해보려고 했지만 아무도 나에게 관심을 갖지 않았다. 파리에 온 후 로 종종 느낀, 파리는 내가 있을 곳이 아니라는 기분을 다시 느꼈다. 내가 파리에 온 것이 잘한 일인지 스스로 의문이 생기기 시작했다.

당연히 실비는 오지 않았다.

친절하고 귀여운 남자가 나에게 말을 걸었을 때 비로소 나는 잃었던 미소를 되찾았다. 하지만 미소는 오래가지 못했다. 파비앙이라는 그 남자는 아주 무례했다.

역겹다. 나는 그를 두고 혼자 나왔다.

집에 돌아왔다. 파비앙을 집으로 초대할 수도 있었다. 손가락만 까닥하면 됐다. 다만 내가 그러고 싶지 않았을 뿐이다. 다음 날이면 까맣게 잊어버리는 하룻밤을 원하지 않는다. 내가 원하는 것은 꿈이고 낭만이고 열정이다. 나는 파리에 있으니까!

하지만 그런 일은 결코 일어나지 않을지도 모른다.

우울한 기분에 레스토랑으로 갔다. 카운터 뒤에 있는 가브리엘이 보였다. 나는 안으로 들어가 그에게 다가갔다.

"안녕하세요. 샤워하려고요?"

그가 물었다.

어떻게 대답해야 할지 몰랐지만 가브리엘 덕분에 웃을 수 있었다.

"한잔하려고 들어왔어요. 그리고 친절한 말동무도 필요하고요."

"으음, 파리는 마음에 들어요?"

가브리엘이 와인잔을 내밀며 물었다.

"왜 만나는 사람마다 똑같은 질문을 하죠? 내 대답, 나는 파리를 사랑해요. 하지만 파리는 날 사랑하지 않는다고 생각해요. 하지만 괜찮아요. 나는 사랑받기 위해 살아왔으니 이제는 그만 하면 됐어요."

가브리엘이 눈을 깜박이며 나를 바라봤다.

"인생의 목적 치곤 꽤 흥미롭네요."

"네, 맞아요. 그래서 더는 애쓰지 않으려고요."

"약간의 문제가 생겼는데요. 나는 당신이 좋아요."

가브리엘이 아름다운 두 눈으로 나를 빤히 바라보며 사람을 녹여 버릴 듯한 미소를 지었다.

우와!

선물 분배!

복수의 시간이 다가왔다! 나는 화를 내는 대신 사랑하는 제빵사에게 가장 특이한 케이크, 그러니까 커다란 페니스 모양의 케이크를 만들어달라고 부탁했다. 내 부탁을 받은 제빵사가 살짝 놀란 표정이었기 때문에 설명을 해야 했다. 그녀가 그와 같은 주문을 매일 받지는 않을 테니. 나는 동료에게 하는 사소한 장난이라고 말했다.

회사에 도착하자마자 나는 뤼크와 쥘리앵에게 페니스 케이크를 주는 기쁨을 맛봤다.

"배고프죠? 케이크 하나 먹어요!"

내가 말했다.

케이크 상자를 연 뤼크가 쥘리앵과 함께 파안대소를 했다.

"고마워요!"

뤼크가 인사했다.

프랑스 사람의 머리는 정말 너무 이상하다. 그리고 며칠 후 깨달은 것이 하나 있다. 내가 무슨 수든지, 사랑을 받으려고 애쓰면 사람들은 나를 싫어한다. 반대로 내가 못되게 굴면, 사람들이 나를 사랑한다.

그건 정말 누워서 떡먹기다!

나는 가벼운 마음으로 내 사무실로 갔다. 책상 위에 상자가 놓여 있었다. 안에는 카드와 함께 란제리가 들어 있었다.

'멋진 아이디어 고마워요, 앙투안. PS: 섹시인가요 성차별인가요?'

당황한 나머지, 질문을 생각할 시간이 없었다.

그 순간, 실비가 나타났다.

"회의 있어요…… 그건 누가 보낸 거예요?"

상자에서 시선을 떼지 못한 채 실비가 물었다.

"친구요. 아무것도 아니에요."

나는 변명했다.

"흠흠……."

실비가 기분 나쁜 표정을 지었다.

아악! 뭔가 될 것 같은 기분이 들면, 언제나 새로운 장애물이 나타난다. 왜 항상 그런 일이 생기는 걸까?

장밋빛 인생

실비가 란제리를, 아니 내 거짓말을 의심하고 있다는 생각이 들었다. 어쩌면 앙투안이 같은 브랜드의 속옷을 실비에게 선물했나? 어쩌면 실비의 단순한 지레짐작일 수도 있다. 실비는 나보다 앙투안에 대해 잘 알고 있다. 한 가지 확실한 사실은 실비의 눈에 의심이 깃들어 있다는 것이다.

실비의 머릿속에서 불행의 란제리를 지워버릴 뭔가를 찾아야 한다.

집에 가는 길에 동네 꽃집 앞에서 발걸음을 멈췄다. 꽃집은 내가 파리에서 좋아하는 것 중 하나다. 파리에는 진짜 옛스러운 매력을 뽐내는 화려한 가게들이 있다. 마치 흑백영화 속에 들어온 듯한 착각이 들 정도다. 나는 진열된 꽃다발을 봤다. 전시된 꽃다발은 말 그대로 훌륭했다!

"꽃들이 정말 예뻐요. 장미꽃 살 수 있죠? 분홍 장미요."

나는 꽃들을 정리하고 있는 플로리스트에게 물었다.

"뭐라고요?"

그녀가 되물었다.

나는 갖고 싶은 꽃다발을 들었다. 제일 단순한 꽃다발!

"이거요!"

"안 돼요, 아가씨. 이건 아가씨 것이 아니에요. 이건 남부에서 올라온 장미예요."

그래서 뭐?

그녀가 작고 못생긴 꽃다발을 내밀었다.

꽃다발은 손님이 고르는 것 아닌가? 으음, 이것도 이상한 프랑스 문화일지도?

프랑스에서는 당신이 어떤 꽃을 사야 할지 플로리스트가 결정한다. 나는 전혀 장미 같지 않은 못생긴 꽃보다 남부에서 올라온 분홍 장미를 더 좋아한다고 프랑스말로 설명하려고 애썼다. 때마침 젊은 금발머리 여자가 우리에게 다가왔다. 그녀의 친절한 미소와 다정한 얼굴이 좋았다. 플로리스트에 비하면 그녀는 하늘에서 내려온 천사 같았다.

"안녕하세요, 클로데트. 손님이 사고 싶은 꽃다발은 이것이 아니라 예쁜 분홍 장미 꽃다발이에요."

기적이 일어났다. 플로리스트가 내 손에서 다 시든 꽃다발을 가져가더니 가장 멋진 꽃다발을 주었다. 계산을 한 후, 나는 구세주를 향해 고개를 돌렸다.

"고마워요. 내 억양 때문에 이곳 사람들이 무척 힘들어해요."

"아니요, 당신 억양과는 전혀 상관없어요. 클로데트는 그 누구한테도 다정하지 않아요."

꽃가게에서 발걸음으로 옮기며 그녀가 말했다.

"당신은 친절하네요. 프랑스 사람이지만 내 억양을 알아들어요."

"그렇게 어렵지 않아요. 그런데 당신은? 파리에 휴가를 즐기러 왔어요?"

"파리에서 살아요. 우와, 내가 그런 말을 하다니, 도저히 믿겨지지 않아!"

그녀가 웃었다. 나는 그녀에게 손을 내밀었다.

"에밀리예요."

"카미유, 만나서 반가워요."

나는 카미유에게 내가 어디에서 왔는지, 파리에 온 이유와 플로리스트만큼 내 동료도 엄청 까칠하다고 솔직히 털어놨다. 우리는 빵집에 들러 커피를 샀다. 그리고 걸으면서 계속 수다를 떨었다. 카미유가 마레에서 열리는 시장에 대해 말했다.

"시장에 가려면, 지하철을 타고 '피유 뒤 칼베르' 역에서 내려."

친구가 된 카미유가 설명해줬다.

"오마이갓! 내가 마지막으로 지하철을 타고 내린 곳이 21구였어."

"흠흠, 파리는 20구까지밖에 없어."

카미유가 알려줬다.

"아이러니야. 파리는 진짜 헷갈려."

"긴장 풀어. 파리는 미로와 같지만 실제로는 작은 마을이야. 파리에서 얼마 동안 살면 알게 될 거야."

파리에서 있는 친절은 딱 한 사람, 카미유가 다 갖고 있다는 생각이 들었다. 마치 오랫동안 알고 지낸 사람처럼 카미유와 같이 있는 것이 정말 좋았다. 헤어지기 전에 카미유가 오늘 저녁 자신이 일하는 갤러리에서 리셉션이 열린다며 나를 초대했다. 카미유는 리셉션에 많은 사람이 올 것이고 대형 호텔 체인 소유주인 랜디라는 시카고 남자도 올 것이라고 했다. 그는 곧 파리에 개장할 호텔에 걸 작품들을 찾고 있었다.

카미유는 내가 전시회에 갈 수밖에 없게 만들었다.

나는 새 친구를 사귀었다고 생각했다.

나의 첫 번째 프랑스인 친구!

꽃을 들고 있는 내 사진을 포스팅하고 싶은 마음이 들었다.

#라비앙로즈! #장미빛_인생
@emilyinparis

이런 오믈렛이!

아파트 입구에 도착하자 상자들이 나를 기다리고 있었다. 미국에서 보내온 내 짐들이다! 당연히 관리인은 나를 도와주지 않을 것이다. 왜냐하면 버려야 할 아주 작은 쓰레기 봉투를 양 손에 들고 있었기 때문이다. 관리인은 저녁 내내 그 쓰레기를 들고 다니느라 바쁠 것이다.

다행히 언제나 그렇듯, 가브리엘이 때마침 나타나 엄청 무거운 상자들을 집 안까지 날라줬다. 가브리엘이 없었으면 어떻게 됐을까 궁금하다. 그리고 그의 아름다운 눈에, 매력적인 미소에, 다정한 목소리까지 없다면…….

"알겠지만 파리에도 벽돌은 있어요."

가뿐 숨을 몰아쉬며 가브리엘이 농담을 던졌다.

"집에서 보내온 것들이에요. 꼭 필요한 것들이죠."

물건을 다 옮기고 난 후, 상자 하나를 열었다. 상자 안은 정말 가관이었다. 내가 제일 좋아하는 땅콩버터가 말그대로 폭발했다. 상자 안이 온통 땅콩버터 투성이다. 전 남친과 함께 찍은 사진에도 땅콩버터가 묻어 있었다. 어쨌거나 사진은 쓰레기통에 버릴 생각이다.

"전 남친이에요."

가브리엘에게 분명하게 말했다.

"유감이에요."

"아니에요, 괜찮아요. 남친은 없어도 상관없어요. 하지만 땅콩버터는 없으면 안 돼요."

"파리에는 땅콩버터보다 훨씬 좋은 것들이 많아요."

가브리엘이 말했다.

내가 가장 좋아하는 버터보다 훨씬 좋은 것이라고? 내 땅콩버터는 소금도 들어가지 않았고, 유기농 땅콩조각이 씹히는 건데? 내 버터보다 훨씬 좋은 것이 뭔지 알아야겠다. 나는 도전하는 듯한 표정으로 가브리엘을 바라봤다.

잠시 후, 가브리엘이 오믈렛을 만들어줬다. 그가 계란을 휘젓는 모습을 보는 것이 좋았다. 또 후라이팬에서 오믈렛을 얼마나 섬세하게 접는지, 그가 나를 사랑한다고 느낄 정도다. 아니, 가브리엘이 사랑하는 건 요리다. 얼마나 요리를 사랑하는지, 모든 과정을 음미하며 전혀 서두르는 기색없이 아주 천천히 음식을 만들었다. 그리고 마지막으로 오믈렛 위에 허브를 뿌렸다.

나는 전율을 느꼈다.

가브리엘은 자신의 행동 하나 하나에 엄청난 애정을 쏟았다. 그가 나를, 아니 오믈렛을 접시에 담았다.

드디어 시식만 남았다.

오믈렛을 맛본 순간, 하마터면 기절할 뻔했다. 맛있을 거라고 생각했지만, 그 정도가 아니었다!

"오마이갓! 이런 오믈렛은 처음 먹어봐요. 어메이징해요!"

아, 이런 오믈렛이!

설상가상

나는 어렸을 때부터 모든 것이 제자리에 있는 것을 좋아했다. 접시를 예로 들면 완두콩은 당근과 떨어져야 하고 소스는 당근, 완두콩과 상관없이 옆에 담아야 한다. 하지만 앙투안과 저주받은 그의 란제리는 모든 것을 뒤죽박죽으로 만들어버렸다. 진짜 난장판이다. 첫 번째, 그는 결혼했다. 둘째, 그는 내가 시카고행 일등석을 타면 기뻐할 실비와 불륜 관계다. 셋째, 그가 준 선물은 아주 불건전하다. 미국에서는 성폭력으로 고소할 수 있다.

오늘 아침, 나는 접시에 담은 완두콩과 당근처럼 상황을 조금 질서정연하게 만들겠다고 굳게 다짐하고 사무실로 갔다. 사무실에 도착하자마자 실비의 사무실에서 싸우는 소리가 들렸다.

"실비가 누구랑 있어요?"

쥘리앵에게 물었다.

"앙투안이요."

"둘이 왜 다투는 거예요?"

"으음, 가스에 물이 생겨 살짝 식초처럼 돼버렸어요. 그러자 우리의 친애하는 앙투안이 실비에게 다른 에이전시를 찾겠다고 협박하는 거예요."

나는 쥘리앵이 말하는 가스와 식초가 도대체 무슨 소린지 전혀 이해하지 못했다. 반면, 뒷부분은 완벽하게 이해했다! 움직여야 한다. 내가 에이전시에 오자마자 앙투안이 가버리면 늘 히죽거리는 미국 여자가 일을 망쳤다고 나를 비난할 것이 뻔했다. 그뿐만이 아니었다. 쥘리앵이 말한, 가스와 식초가 나와 관련이 있는 건 아닌지 걱정됐다.

나는 문이 열려 있는 실비의 사무실로 들어갔다.

"제가 방해한 건 아니죠?"

"그래요, 보면 몰라요?"

한눈에 봐도 흥분한 실비가 대답했다.

"아하, 파리에 온 우리의 미국인이군요. 자, 어서 들어와요."

앙투안이 나를 맞이했다.

나는 실비를 향해 갔다.

"오늘 저녁, 랜디를 만날 예정이라는 것을 말하려고요."

"누구요?"

실비가 놀라 되물었다.

"유명한 호텔 그룹 소유주요. 당신 아이디어잖아요. 랜디의 호텔에 사용할 새로운 시그니처 향수를 앙투안이 개발하는 아이디어요. 메종 라보를 위해 정말 멋진 일이 될 거예요."

"왜 나한테 한 마디도 안 했어?"

앙투안이 미소를 지으며 실비에게 다정하게 물었다.

"왜냐하면…… 기획 단계인 것을 말하고 싶지 않았어."

실비가 변명했다.

"정말 기막히고 새롭고 아주 흥분되는 아이디어예요. 훌륭한 생각이에요. 실비."

내가 덧붙였다.

실비는 썩 유쾌한 표정이 아니었다. 그렇지만 나는 꽃가게에서 산 꽃다발로 최후의 일격을 가했다. 꽃다발을 그녀의 책상 위에 놓고 사무실을 나왔다.

불화의 란제리

내가 한 일에 만족하며 일하고 있는데 실비가 다가와 꽃다발을 얼굴에 대고 흔들었다. 내가 그 꽃다발을 사려고 얼마나 고생했는지 알고 있을까? 실비는 꽃가게 주인인 클로데트가 어떤 사람인지 모르겠지.

"도대체 무슨 짓을 하는 거예요?"

실비가 화를 냈다.

"앙투안이 우리 회사를 떠날지도 모른다고 쥘리앵이 말해줘서 당신을 도우려는 것이었어요."

실비가 허리에 양손을 얹고 경멸하는 시선으로 나를 바라봤다.

"당신의 도움은 필요 없었어요. 아주 형편없는 아이디어로 이겼다는 생각도 하지 말아요."

"어떻게 되는지 봐주세요!"

"아, 이미 다 봤어요."

실비가 발걸음을 옮기다가 갑자기 획 돌아섰다.

"아, 생각해봤는데, 그 선물 누구한테 받은 거예요?"

그럴 줄 알았어!

실비는 그 선물을 의심하고 있었다. 나에게 란제리를 선물한 의문의 친구를 그냥 모른 척 넘길 리 없다. 실비는 내가 남자 친구와 헤어진 것을 알고 있기 때문에 당연했다. 완두콩과 당근이 뒤섞이면 무슨 일이 생기는지도 말이다. 뒤죽박죽이다.

"그게…… 내 친구요. 새로 사귄 친구, 가브리엘이요."

나는 순간적으로 아무 이름이나 둘러댔다.

하지만 가브리엘은 아무나가 아니다.

"가브리엘이요? 이럴 수가, 파리에서 정말 엄청 많은 친구를 사귀는군요, 음?"

실비가 조롱했다.

그리고 여전히 미심쩍은 표정을 짓고서 발걸음을 돌렸다.

독을 바른 란제리가 틀림없어! 앙투안은 나에게 다른 걸 선물할 수 없었나? 카망베르 치즈 같은 것 말이다.

입질이 왔다!

    리셉션은 파리 한복판에 있는 멋진 갤러리에서 열렸다. 나는 그런 멋진 곳에 가는 걸 좋아하는 민디를 데려갔다. 갤러리에 가는 동안, 실비와 독이 묻은 란제리 선물과 같은, 지금까지 일어난 일을 모두 털어놨다. 민디는 앙투안이 명품 옷을 파는 상점과 파리에서 가장 럭셔리한 건물에 데려가도록 그와 잤어야 한다고 말했다.

    하지만 나는 그런 사람이 아니다!

    내가 원하는 것은 실비의 존중이다. 그것은 '랜디'와의 일을 성사시키면 가능할 것이다.

    나는 카미유와 이야기를 나누고 있는 랜디를 봤다.

    "당신에게 시카고에서 온 사람을 소개할게요. 이 분은 랜디. 이쪽은 에밀리 쿠퍼."

    카미유가 소개해줬다. 그리고 곧 다른 손님을 맞으러 갔다. 이젠 내 차례다!

    "파리에 랜디 호텔이 생기다니 정말 대단해요."

    나는 잔뜩 흥분한 목소리로 말했다.

    "네, 11월에 개장입니다."

그가 정확히 말했다.

"취리히 호텔을 개장한 2010년 비즈니스 위크에서 파리에 호텔을 열고 싶다고 말했었죠?"

"오호, 내 인터뷰를 모두 기억하고 있는 거예요?"

"네."

나는 자신있게 대답했다.

모든 것을 알고 트렌드를 살피고 참여하는 것이 내 일의 일부다. 그러면 언제나 한 걸음 앞서갈 수 있다. 하지만 랜디는 별로 흥미를 느끼지 못하는 것 같다. 걱정없다. 또 준비해둔 것이 있다.

나는 홀을 가로지르며 그와 동행했다.

"모든 감각을 일깨울 수 있는 시그니처 향을 만들어야 해요. 실크 시트나 아름다운 풍경뿐 아니라 향기도 필요해요. 랜디 호텔에서는 아무 향도 나지 않는데, 그게 문제에요. 매디슨 애비뉴의 광고판이 텅 빈 것처럼요. 텅 빈 집은 다른 집들에 비해 저렴하게 팔리죠."

"계속해요."

랜디가 이야기를 재촉했다.

예스! 낚였다. 이제 천천히 줄을 당기면 된다. 아주 천천히.

"집을 팔 때는 쿠키를 준비하는 것이 좋죠. 달콤한 향은 구매자에게 긍정적 효과를 내거든요. 그리고 랜디 호텔에도 쿠키가 필요해요."

나는 쿠키가 아닌, 내 명함을 내밀었다.

랜디 물고기가 미끼를 물었다!

그리고 전쟁은 계속된다!

다음 날, 랜디가 약속한 대로 사무실에 나타나길 애태우며 기다렸다. 그가 약속을 지키길 바랄 뿐이다.

랜디의 모습이 보이는 순간, 나는 몰래 깊은 안도의 한숨을 내쉬었다.

나는 랜디에게 앙투안과 실비를 소개했다. 그는 실비의 손을 들어 가볍게 입에 댔다.

"두 분이 머리와 코군요. 그럼 에밀리, 당신의 역할은 뭐죠?"

랜디가 앙투안과 실비의 업무를 추측하며 물었다.

"입이요."

실비가 재빨리 대답했다.

오케이이이.

나는 회의를 시작하자고 했다. 앙투안이 향수병과 에센스를 꺼냈다. 그는 향수를 만드는 일은 교향곡을 작곡하는 것과 같다며 아주 멋지게 자신의 직업을 소개했다.

매력적이다!

"'드 뢰르'를 예로 들자면 간단한 선율로 시작하죠. 주요 음정은

베르가모트, 만다린, 베티베르이고 미들 노트는 일랑일랑과 라벤더가 중심이 돼죠."

앙투안이 시향지에 향을 뿌려 우리에게 건네줬다. 하지만 실비는 좀 더 적극적인 방식을 취했다. 손목에 향을 뿌리더니 곧장 랜디의 코에 갖다 댔다. 그 모습을 앙투안이 뚫어져라 바라봤다.

도대체 무슨 상황이야? 앙투안이 질투하게 하려고?

나 몰래 미국 여자애한테 란제리 선물했지? 좋아. 그럼 나도 미국인 부자를 유혹할 거야! 식의 본때 보여주기?

"음, 아주 흥미롭군요. 하지만 결정하는 데까지 시간이 걸릴 거예요. 그리고 내일 미국으로 돌아가야 해요."

"오, 유감이에요! 시카고에도 좋은 조향사가 있을 거예요."

실비가 안타깝다는 표정을 지었다.

앙투안이 실비에게 다가가 나지막하게 속삭였다.

"잘됐으면 좋겠는데, 실비?"

"아직 우리 고객이었어요?"

실비가 앙투안에게 물었다.

아, 안 돼. 이대로 끝나면 안 돼!

"다같이 레스토랑에서 저녁 식사 하면서 이야기를 계속하는 것이 어떨까요?"

내가 급히 제안했다.

"아주 좋은 생각이에요. 미슐랭 가이드가 추천한 레스토랑이면 어느 곳이든 좋아요."

랜디가 동의했다.

쥘리앵이 자신이 알고 있는 식당을 추천하려고 하는데 실비가 나한테 맡겼다.

실비가 나를 신뢰하기 시작했다는 뜻이다. 그렇지 않나?

나는 식당 예약을 하려고 세 사람 곁을 떠나 사무실로 갔다. 여러 군데 전화를 걸었지만, 오늘 저녁 예약이 꽉 찼다.

실비가 나를 함정에 빠트린 것이라는 악마의 속삭임이 들렸다.

또 다시 예약을 실패하고 전화를 끊는데 앙투안이 다가왔다.

"이처럼 멋진 아이디어를 내다니 고마워요. 이 아이디어를 낸 사람은 당신이죠."

"고객을 만족시키는 것이 제 일이에요."

"그걸 알게 돼 기쁘군요. 전에 내가 선물한 거 마음에 들어요?"

아, 앙투안은 언제 어떤 이야기를 꺼내야 하는지 잘 알고 있다. 그가 보낸 선물 이야기를 나눌 때가 지금이라는 것을 아주 잘 안다. 하지만 그와 달리 나는 어떤 대답을 해야 할지 모르고 있다. 내 기분대로 대답해선 안 된다는 것만 알고 있다. 내가 진짜 하고 싶은 말을 했다간 그가 화를 낼 수도 있다. 절대 기분대로 대답해서 그를 화나게 하면 안된다. 그에게 우리 관계는 업무상 관계임을 제대로 이해시켜야 한다. 앙투안은 아내도 있고 애인도 있다. 그 정도면 충분하지 않나?

"네, 아주 세심한 선물이었어요. 하지만 살짝 부적절하죠. 평소 고객한테 란제리 선물을 받지는 않죠. 게다가 결혼한 고객에게는 더더욱이요."

나는 의례적으로 대답했다.

그가 살짝 웃었다.

"그게 당신 생각인가요? 속옷 선물이 나를 위한 거라고 생각해요? 그것은 내가 아니라, 당신을 위해 산 거예요. 나는 당신이 섹시하고 강한 사람이라고 느끼길 바라요. 세상을 무릎 꿇게 만들고 파리를 정복할 수 있는 아름다운 여성으로 말이죠."

그 순간 실비가 나타났다.

"에밀리, 그랑 베푸르에 여섯 명 식사 예약해요."

그리고 앙투안에게 따라오라고 했다. 어김없이 회사의 수다쟁이 쥘리앵이 우리의 이야기를 모두 엿듣고 나타났다.

"그랑 베푸르는 대기자 명단이 6개월 이상이에요. 도저히 불가능해요."

쥘리앵이 안타까운 표정을 지었다.

오케이, 알았다. 제대로 이해했다. 실비는 나를 엄청 미워하고 나를 늘 시험하려고 든다.

빠져나올 수 없는 함정!

실비가 어떻게 하건, 나는 결코 포기하지 않을 것이다. 절대로.

나는 식당 사이트를 보며 예약이 취소되는 것이 있는지 계속 확인했다. 똑딱 똑딱, 시간은 하염없이 흘러갔다. 예약 취소는 몇 시간을 기다려도 나오지 않았다. 어찌나 마우스를 클릭했는지 손목이 시큰거렸다. 모니터와 장시간 씨름을 해서 그런지 눈꺼풀이 스르르 내려와 하마터면 그대로 잠들 뻔했다.

드디어 예약 취소가 떴다. 나는 번개처럼 클릭해 재빨리 취소된 자리를 예약했다.

나는 랜디와 동료들을 밖에서 기다리게 하고 우아한 클래식 음악이 흘러나오는 아주 멋진 레스토랑 안으로 혼자 들어갔다.

"안녕하세요, 에밀리 쿠퍼 이름으로 여섯 명 식사 예약했어요."

지배인에게 인사하며 이름을 말했다.

"에밀리 쿠퍼 이름으로 예약된 것은 없습니다."

지배인이 대답했다.

뭐라고? 도대체 무슨 소리야?

내 억양 때문에 내가 한 말을 못 알아들을 수도 있다. 늘 있는 일이다.

"아니에요, 분명 예약했어요. 온라인으로 확인했어요."

"아니요, 죄송합니다."

오케이이이.

나는 휴대전화를 꺼내 예약확인 메일을 열었다.

"8/11, 9 PM, 6명."

나는 큰소리로 읽으며 내 휴대전화를 보여줬다.

"네, 맞아요. 손님은 11월 8일 저녁 9시로 예약하셨어요. 오늘은
8월 11일입니다, 손님."

오마이갓!

프랑스 사람들은 모든 것을 거꾸로 한다는 것을 까먹었다!

이제 어떻게 하지? 실비는 더는 나를 쳐다보지도 않을 것이고 랜
디와의 거래도 물거품이 될 것이다.

이 기회를 놓치면 내 직업을 잃을 수도 있다!

방법은 딱 하나!

나는 서둘러 가브리엘에게 전화했다. 레스토랑이 30분 후에 문
을 닫더라도 내가 좋아하는 구세주, 가브리엘이 우리를 지켜줄 것
이다.

그랑 베푸르가 제공하는 것이 최고의 음식만이 아니라는 것을 안
다. 하지만 나는 한 가지는 자신할 수 있다. 실비가 가브리엘의 부드
러운 스테이크를 맛보면 마음이 완전히 풀릴 것이란 사실 말이다.

문제는 예약 실패와 가브리엘의 식당을 사람들에게 어떻게 알리
는가다. 나는 평소보다 더 환하게 웃으며 그랑 베푸르를 나왔다.

"오케이, 좋은 소식과 아주 좋은 소식이 있어요."

"좋은 소식이 뭐예요?"

실비가 물었다.

"저녁은 5구에서 먹을 거예요. 좀 더 정확히 말하면 파리의 떠오르는 셰프 중 한 명이 요리하는 레스토랑에서요."

실비가 비웃었다.

가브리엘의 스테이크를 맛볼 때까지 잠시 기다렸다가 다시 이야기해요, 실비!

"그럼 아주 좋은 소식은?"

뤼크가 물었다.

"11월 8일, 랜디 호텔이 파리에서 오픈하는 자리를 축하하며 그랑 베푸르에서 저녁 식사를 할 거예요."

이것이 바로 적응하는 법이다. 파리에서 아주 유용하다.

정말로.

천국에 오르다

저녁 식사는 훌륭했다. 가브리엘의 요리는 완벽했다. 랜디는 호텔 시그니처 향수를 만드는 계약을 앙투안의 회사인 메종 라보와 하기로 했다.

실비는 내가 거짓말하지 않았음을 직접 확인했다. 나에게 가브리엘이라는 진짜 친구가 있다는 것을 자신의 두 눈으로 직접 확인했다.

모든 것이 완벽했다. 완두콩과 당근도 떨어져 제자리를 찾았다. 마음이 푹 놓였다.

사람들이 모두 기분 좋게 식당을 나가는 동안, 나는 감사 인사를 하러 가브리엘에게 다가갔다. 그는 내 동료와 고객들을 위해 아주 맛있는 음식을 만들어줬다. 온갖 정성을 기울인 음식에 아주 좋은 와인까지, 가브리엘은 우리에게 최고의 만찬을 선물했다.

가브리엘이 없었다면 절대 불가능한 일이었다.

가브리엘은 내가 파리에 도착할 날부터 도움이 필요할 때면 언제나 나를 도와줬다.

마치 내가 가는 길에 그가 있어야 하는 운명처럼.

하지만 길보다는 우리가 살고 있는 아파트에 있다는 것이 더 정확한 표현이다. 반드시 만나야 할 운명처럼, 그는 내가 필요할 때면 언제나 나타났다.

운명처럼이라니! 드디어 파리의 낭만에 젖어드는 기분이다.

괴롭게도 점점 그런 기분에 빠져들고 있었다.

"정말 훌륭했어요."

내가 칭찬했다.

"별것 아니에요."

가브리엘이 겸손하게 대답했다.

"아니에요, 정말로 특별했어요. 당신 덕분에 내가 빛날 수 있었어요."

"별로 한 것도 없어요."

그 순간 실비가 화장실에서 나왔다.

"아, 가브리엘, 오늘 저녁 식사 고마워요. 정말 기가 막혔어요. 당신은 란제리 소재만큼 아주 섬세한 취향을 갖고 있군요."

"네, 무슨 소재라고요?"

가브리엘이 깜짝 놀라 되물었다.

이런! 실비는 아직까지 란제리를 잊지 않고 있었다.

"우리 둘만의 비밀로요."

내가 실비를 문으로 이끌며 속삭였다.

밖으로 나가자 실비가 나에게 미소를 지었다. 비웃음도 냉소도 아니다. 아주 진지한 미소다.

내가 술에 취한 걸까?

"에밀리, 오늘 아주 잘했어요. 한잔하러 갈 건데 우리랑 같이 갈래요? 하지만 그것보다 더 좋은 것을 하고 싶겠죠.”

실비가 레스토랑을 바라보며 덧붙였다.

“아래층에 사는 이웃이에요. 복잡하게 얽히고 싶지 않아요.”

실비에게 솔직하게 말했다.

“사랑은 말이죠, 복잡할수록 더 좋아요.”

실비가 발걸음을 떼며 대답했다.

실비의 말을 듣고 곰곰이 생각했다. 그러다 더는 생각하지 않기로 했다. 어쩌면 내가 실수하는 것일 수도 있지만 상관없다. 잠시 후 나는 레스토랑으로 들어갔다. 그리고 곧장 가브리엘에게 키스했다.

미친 듯이.

그의 입술은 달콤하고 부드럽고 능숙했다. 우리의 키스는 아주 격렬했다. 키스하는 동안, 나는 머리부터 발끝까지 전율을 느꼈다.

이보다 달콤한 후식은 상상할 수 없다.

갑작스러운 불시착!

여전히 떨리는 마음으로 식당에서 나왔다. 내가 사랑에 빠진 건지도 모르겠다. 하지만 잘생긴 셰프에게 뭔가 있는 것은 분명하다. 키스할 때, 그도 나만큼이나 행복해한다는 것을 느꼈다.

그래, 가브리엘에 대해 말할 때 '친구' 앞에 '남자'라는 말을 붙일 수도 있을 것이다.

길에서 앙투안과 실비가 키스하고 있었다. 두 사람이 화해한 것이 분명하다. 조금 당황한 나는 두 사람을 보지 않으려고 고개를 돌렸다. 그러다 카미유와 부딪힐 뻔했다.

"하이! 정말 놀랍지 않아. 우리는 서로 마주칠 운명인가 봐! 방금 랜디와 저녁 식사를 했어."

내가 말했다.

"여기서?"

카미유가 가브리엘의 식당을 가리키며 물었다.

"응, 정말 훌륭한 식당이야."

내가 말했다.

"나도 알아. 셰프가 내 남자 친구야."

카미유가 대답했다.

뭐? 안 돼. 내가 잘못 들은 걸 거야. 방금 내가 미친 듯이 키스한 사람이 카미유의 남자 친구라고? 파리에 도착한 순간부터 꿈꾸던 남자가? 아주 섬세하게 오믈렛을 만들어준 아주 섹시한 남자가?

"가브리엘?"

나는 충격에서 헤어나지 못한 채 물었다.

"왜? 가브리엘을 알아?"

카미유가 물었다. 아, 우리 방금 키스했어. 그게 다야!

당연히 그렇게 말할 수 없다.

"아니, 제대로 아는 것은 아니야. 우리가 만났던 꽃집, 길 아래에 있는 아파트에 사는 내 아래층 이웃이야."

나는 어물쩍 대답했다.

그리고 가장 논리적인 대답이라고 생각했다. 우리가 동네에서 두 번이나 마주쳤다는 것은 카미유가 이곳에 연고가 있다는 뜻이다. 그것이 가브리엘이었다.

그 순간 가브리엘이 식당에서 나왔다.

"두 사람, 서로 알아?"

우리가 이야기를 나누는 것을 보고 놀라며 그가 물었다.

"네, 알아요."

내가 확인해주었다.

"봤지. 내가 말한대로 파리는 거대한 미로 같지만 실제로는 작은 마을이라고."

카미유가 말했다.

카미유가 가브리엘에게 키스했다. 나는 몸둘 바를 몰랐다.

가브리엘은 여자 친구가 있다. 여자 친구는 내가 지금 가장 좋아하는, 사랑스럽고 다정한 여자다.

또 다시 완두콩과 당근이 뒤죽박죽 뒤섞인 끔찍한 상황이 벌어졌다.

나는 파리가 그토록 작은 마을인 줄 몰랐다.

내가 아는 것은 파리에 도착한 후로 내 인생이 엉망진창이 돼버렸다는 것이다. 장애물을 넘었다고 생각할 때마다 새로운 장애물이 어김없이 나타나 내 길을 막았다.

이 도시가 나를 원하지 않는다는 생각이 들 정도다.

가짜 친구

실비는 사랑은 복잡할수록 더 좋다고 했다. 하지만 그 사랑이 카미유와 가브리엘과 복잡하게 얽힌 것이라면 정말 슬픈 일이다.

내가 할 수 있는 최선은 가브리엘과의 키스를 까맣게 잊는 것이다. 열정 가득했던 달콤한 키스를 생각하면 여전히 온몸에 소름이 돋는다. 게다가 다른 생각은 눈곱만큼도 나지 않는다.

음…… 가브리엘은 왜 여자 친구가 있다고 말하지 않았을까? 내가 키스했을 때 그는 나를 밀어낼 수도 있었다. 하지만 밀어내는 대신 내 키스에 적극적으로 답했다.

내가 가브리엘에게 '살짝' 덤빈 느낌은 있었다. 지금 생각하면 너무 바보 같은 행동이다.

와인을 너무 많이 마셔서, 취해서 그런 것이라고 말할까?

나는 지금 파리에 살고 있고 충분히 있을 수 있는 일이다.

모든 것이 와인 탓이다. 맞다!

출근하기 전에 카페에서 민디를 만나 커피를 마셨다. 내 이야기에 귀 기울여 줄 사람이 간절히 필요했다. 길을 잃고 헤매는 기분이었다. 민디에게 가브리엘과의 키스에 대해 이야기했다. 그리고 카미유 앞에서 느낀 수치심까지 솔직하게 털어놨다.

"프랑스 사람은 유혹에 익숙해. 그러니까 너무 걱정하지 마. 별일 아닌 것처럼 행동해."

민디가 나를 안심시켰다.

"안 돼. 가브리엘을 피할 생각이야. 하지만 그를 피하는 것은 불가능해. 알다시피 같은 건물 위, 아래층에 살잖아. 나는 가브리엘을 사랑해. 그리고 그도…… 아니, 사실 나도 더 이상 모르겠어!"

사실, 가브리엘이 나에게 감정이 있다고 생각했다. 끌림? 하지만 내 착각이었다. 단순히 그뿐이다.

내 착각은 그것으로 끝나지 않았다. '프레제르브preserve(설탕 조림)'를 시킨다는 게 '프레제르바티프préservatif(콘돔)'를 주문했다. 종업원은 남자 화장실에 있다고 말해주었다. 나는 창피하고 부끄러워서 얼굴이 화끈거렸다. 또 창피를 당했다.

민디는 '메드생'이 '약'이 아니라 '의사'이듯이 발음은 비슷하지만 뜻이 다른 단어가 있다고 비유하며, 카미유와 나는 '친구'이지만, '진짜 친구'는 아니라고 했다. 그러면 '가짜 친구'인 건가?

"카미유랑 친구로 지내면 가끔 그녀의 아주 섹시한 남자 친구를 볼 수 있잖아?"

민디가 말했다.

"말도 안 돼. 나는 가브리엘을 피할 거야. 카미유도."

내가 대답했다.

그 말을 하는 순간 누가 나타났을까? 카미유! 젠장, 정말 운도 없다!

"헤이, 안녕!"

카미유가 환한 미소를 지으며 인사했다.

나에게 비주를 하고 나서 우리 자리에 앉았다.

"우리가 같은 카페를 이용하다니, 놀라워!"

카미유가 즐거워했다.

정말, 놀랍다.

주의: 더 이상 이 카페에 오지 않기.

"가브리엘에게 줄 크라상을 사서 오는 길이야. 그렇지 않으면, 아침에 절대 깨울 수 없거든."

카미유가 말을 이었다.

설마 두 사람의 사생활을 낱낱이 털어놓지는 않겠지, 그렇지?

나는 빨리 도망치고 싶었다.

하지만 친절함의 대명사인 카미유는 내 목에 두른 머플러를 파리에서 가장 유행하는 식으로 다시 정리해줬다. 민디가 인스타그램에 올릴, 우리 둘의 사진을 찍어줬다. 우정에도 첫눈에 반하는 관계가 있을까? 나는 첫눈에 카미유에 반했다.

나는 카미유와 함께 찍은 사진이 정말 좋다. 우리 둘이 무척 다정하게 찍혔다.

그리고 나는 그녀의 남자 친구도 정말 좋아한다.

굿 뉴스!

실연을 당하면 일에 몰두하라고 모든 여성지에서 조언한다.

좋아, 오케이! 나는 실연당한 것은 아니지만 마음이 살짝 아프다.

앞으로 누가 맛있는 오믈렛을 만들어주지?

내 정신이 번쩍 들게 할 실비를 다시 볼 상황도 아니다. 어제 저녁 일로 내가 마음에 들었더라도 실비는 내가 그녀에게서 얻을 수 있는 것은 아무것도 없다는 것을 분명하게 밝혔다.

출근 길에 나는 믿기 힘든 메시지를 받았다. 뒤레 화장품이 인플루언서들과 함께 하는 점심 식사에 나를 초대한 것이다. 팔로워 수가 적은 것은 아니지만 나 자신을 인플루언서라고 생각한 적은 없다. 특히 뒤레와 같은 큰 회사에서 나에게 관심을 가지리라고는 생각도 못 했다.

드디어 파리가 나를 받아들이기로 했다는 신호일까? 정말, 그렇게 믿고 싶다.

사무실에 도착하자마자 쥘리앵에게 그 사실을 알렸다.

"이것 봐요!"

나는 받은 메시지를 그에게 보여줬다.

"당신 인플루언서예요?"

쥘리앵이 놀라워했다.

"아마도 나를 다른 사람으로 착각했겠죠. 하지만 아이 러브 뒤레! 처음 산 립글로스가 뒤레였어요. 이 초대장 멋지지 않아요?"

"아니, 멋지지 않아요. 회사에서 뒤레 이야기는 금지예요. 이전에 아주 상당한 고객이었지만요."

쥘리앵이 충고했다.

"무슨 일이 있었어요?"

내가 물었다.

쥘리앵의 표정이 심각해졌다.

"충고하는데 뒤레에 대해 한 마디도 하지 마요, 에밀리."

오케이이.

문제는 나는 호기심이 많고 이해 못 하는 것을 극도로 싫어한다는 것이다. 뒤레는 뛰어난 브랜드다. 그들이 왜 우리 회사를 떠났는지 알고 싶었다. 뒤레에 대한 이야기를 꺼낼 방법이 있을까?

나는 곧장 실비를 보러 갔다.

"저기 궁금한 것이……."

내가 입을 열었다.

"원래는 노크를 하고 대답을 하면 들어오죠."

실비가 무미건조하게 내 말을 끊었다.

섣불리 기뻐하지 않은 것이 다행이다. 실비는 여전히 나한테 냉담했다. 나는 교육을 잘 받은 학생처럼 몇 발자국 물러나 문을 두드렸다.

"바빠요."

그녀가 대답했다.

"고객 중에 화장품 회사는 없더라고요. 화장품 회사와 한 번도 일한 적 없었나요? 바비 브라운, 로라 메르시에…… 뒤레?"

실비가 매섭게 나를 노려봤다. 뒤레 이름을 듣는 것만으로도 실비는 당황한 기색이었다. 하지만 뒤레, 얼마나 예쁜 이름인가?

"내일 고급 침구회사 해스텐스에서 책임자가 올 거예요. 기막힌 홍보 아이디어를 갖고 올 것이라고 기대하겠어요."

실비가 카탈로그를 내밀면서 말했다.

"약속해요. 하지만 화장품 회사와 일해본……."

"없어요."

실비가 말했다.

오케이이.

뒤레와 실비 간에는 분명 안 좋은 일이 생긴 것이 분명하다. 그렇다고 인플루언서로서 내가 뒤레의 점심식사 초대에 참석 못 할 이유는 아니지 않나, 안그래?

아, 인플루언서라는 호칭이 너무 좋다. 내가 뒤레의 마케팅 책임자, 올리비아 톰프슨처럼 명성이 자자한 인플루언서가 된다면 다시 사부아르와 일하지 않을까?

작은 쇼핑백

점심 초대를 받은 호텔에 도착한 순간, 두 부류의 인플루언서가 있다는 것을 깨달았다. 이름이 '캐시미어'인 골든 리트리버와 개 주인인 여자 같은 첫 번째 부류는 뒤레 제품이 든 커다란 쇼핑백을 받고 두 번째 부류는 나처럼 아주 아주 작은 쇼핑백을 받는다.

어떻게 이럴 수가? 골든 리트리버가 화장품을 받을 자격이 나보다 더 있다고? 캐시미어가 엄청 귀엽기는 했지만 어떻게 그럴 수 있단 말인가! 당황한 나는 쇼핑백을 나눠 주고 있는 사람을 쳐다봤다.

"흠, 캐시미어처럼 큰 쇼핑백을 받을 수 없나요?"

내가 물었다.

"오, 확인해볼게요. 팔로워 수가 충분하지 않아요. 그 말은 SNS에 제품을 홍보해주면 고맙다는 뜻이에요. 게시물이 최소 다섯 개는 되어야 해요. 하지만 팔로워 수가 많지 않으니 열 개 부탁해요."

그가 태블릿을 흘깃 보며 말했다.

방금 나한테 준 작은 쇼핑백의 대가로 게시물을 열 개나 올려달라고?

그럼에도 불구하고 나는 미소를 잃지 않았다.

"물론이죠. 필요한 만큼 좋은 게시물을 올릴게요."

나는 올리비아가 인플루언서들 앞에서 짧은 연설을 하고 있는 리셉션장으로 갔다. 반드시 올리비아와 대화해야 한다. 하지만 순식간에 그녀는 다른 방으로 갔고 나에게 작은 쇼핑백을 준 그녀의 어시스턴트가 나를 막았다.

"도와드릴까요, 에밀리인파리 씨?"

"또 만났네요. 올리비아에게 할 중요한 이야기가 있어요."

"아니, 안 돼요, 안 돼. 올리비아의 관심을 끌고 싶다면 포스팅을 하세요."

그가 거만한 표정으로 거절했다.

무슨 말인지 알았다!

주위 사람들은 이미 휴대전화를 꺼내 들었다. 중요한 것은 게시물의 양이 아니라 좋은 형식이다. 방법은 목표물을 직접 겨냥하는 것이다. 나는 나뭇잎과 베리(딸기) 장식 위에 '뒤레' 이름이 크게 박힌 벽에 서서 동영상을 찍었다.

"마카다미아 버터와 호호바 오일을 쓴 뒤레는 잘 지워지지 않아요. 여러분이 직접 결과를 확인할 수 있어요. '베리' 헝그리하더라도 먹지는 마세요."

말을 끝내고, 장식된 베리를 따서 깨물어 먹었다.

솔직히 '말장난'은 자신 있다! 내 프랑스어 수업도 결실을 맺고 있다.

나는 브랜드와 제품을 알고 있다는 것을 보여줬다. 그것은 정말 중요하다. 그리고 뒤레 화장품과 관련된 사랑 이야기와 열세 살에 어떻게 뒤레 립글로스를 알게 됐는지 이야기했다. 갑자기 한 인플루언서가 무례하게 나를 밀쳤다.

"조금만 비켜줘!"

스페인 억양을 섞어 신경질을 부렸다.

앗!

갑자기 여자가 바닥에 앉아 다리를 일자로 쭉 찢었다.

할 말을 잃었다.

"안녕, 나의 귀여운 팬들. 뒤레를 클릭해. 그러면 셀리아스플릿의 항균 요가 레깅스를 20퍼센트 할인된 가격에 살 수 있어."

그녀가 자신의 팔로워들에게 영상을 보냈다.

"우와! 지금 태그했어요. 난 에밀리인파리예요."

그녀는 "나한테 얹혀 가려 하지 마요"라며 나를 사납게 노려보더니 다시 팔로워에게 인사했다.

"여러분, 안녕, 고마워."

오케이이이.

그때, 작은 쇼핑백을 건네준 어시스턴트가 다가왔다.

"흠흠, 올리비아가 당신을 만나겠대요."

"어떻게 그럴 수가? 저기요? 이 여자는 팔로워가 2만도 안된다고요. 나는 200만 명이나……."

셀리아스플릿이 따졌다.

나는 서둘러 자리를 떴다. 팔로워 수만으로 잭팟을 터트릴 수 있는 게 아니다. 셀리아스플릿과 항균 요가 레깅스에게는 안된 일이지만.

나는 어시스턴트를 따라 다른 방으로 갔다. 그곳에 올리비아가 있었다. 올리비아가 나를 알고 있는 것 같았다.

믿을 수 없다!

"에밀리인파리. 바자쬔도 같은 계정을 사용했더군요. 브리지트 마크롱이 당신을 리트윗한 것 봤어요."

올리비아가 말했다.

"네, 데일리 메일에서도 다뤘어요. 솔직히 엄청 감동했어요. 올리비아 당신을 만나 정말 기뻐요."

내가 들떠서 말했다.

"나도 마찬가지예요. 나는 당신의 창의성이 좋아요. 그리고 당신은 우리 제품을 잘 알고 있더군요. 당신은 뛰어난 홍보 사절이에요."

나는 올리비아와 계속 이야기를 나누다 내가 온 목적을 드러냈다.

"당신의 제품을 어느 에이전시가 홍보하나요?"

"더 이상 에이전시와 일하지 않아요. 그와 같은 마케팅 방식은 구식이고 비용만 터무니없이 비싸요. 에밀리 같은 인플루언서들을 이용하죠. 당신들이 마케팅의 미래예요."

내가 마케팅에 대해 설명하고 싶다고 하자 올리비아가 다음 날 점심을 같이 하자고 했다.

에밀리 대 어시스턴트, 현재 스코어는 1대0!

한 걸음

멋진 하루를 보냈다. 나, 에밀리 쿠퍼는 사회에 영향력을 미치는 인플루언서가 됐다.

정말 놀랍지 않나? 덕분에 올리비아와 점심 약속도 했다.

인생은 아름다워! 정말, 정말, 아름다워!

아파트 앞에 도착한 순간, 정문이 열리며 카미유와 가브리엘이 환한 미소를 지으며 나왔다.

두 사람의 눈에서 애정이 뚝뚝, 내 마음속에서는 눈물이 뚝뚝!

그들이 조금만 빨리 나왔다면, 나는 두 사람을 만나지 않았을 것이다.

인생은 엿같다! 정말, 정말, 정말 엿같다!

아무렇지 않은 표정과 달리, 내 마음속에서는 '안 돼, 가브리엘의 눈을 쳐다보지 마. 그의 입술을 보지 마. 더 이상 보면 안 돼! 신경 꺼! 당장!'이라는 외침이 들렸다.

"오, 안녕!"

두 사람에게 인사했다.

"안녕, 퇴근했어?"

카미유가 인사와 함께 물었다.

"집에서 일할 거야."

내가 둘러댔다.

한눈에 봐도 당황한 듯한 기색이 역력한 가브리엘은 한 마디도 하지 않았다.

빨리 사라져! 어서!

"농담이지? 집에 있으려고 파리에 온 건 아니잖아. 오늘 밤에 너를 혼자 둘 수 없어!"

거절하고 싶었지만 카미유가 고개를 돌려 가브리엘의 의견을 물었다.

"동감이지, 가브리엘?"

"음? 으음, 물론이지."

카미유가 한 팔은 나와 다른 팔로는 가브리엘과 팔짱을 꼈다. 나는 연기처럼 '펑' 사라지고 싶었다. 아니 땅밑으로 꺼져버리고 싶었다.

하지만 이처럼 친절한 초대를 어떻게 거절할 수 있어?

우선 매력적인 작은 화랑에 들려 물건을 사고 술을 한잔하러 갔다. 우리 셋은 신나게 떠들고 웃었다. 내가 두 사람을 무척 좋아한다는 게 안타까울 뿐이었다.

그리고 전혀 예상치 못한 놀라운 장소로 이동했다. 바로 반 고흐 전시회다. 직접 참여할 수 있는 미디어 아트로 재해석한 전시에 관객들은 푹 빠졌다. 작품 '별이 빛나는 밤'은 실제처럼 느껴졌다. 카미유와 가브리엘과 같이 있는 이 순간이 좋지만 살짝 기분이 나빠지기 시작했다.

내가 여기서 뭘 하고 있는 거지?

연인인 두 사람에겐 내가 필요없다.

우리는 작품을 감상하려고 바닥에 앉았다.

"나는 아름다운 별을 보며 잠드는 것이 좋아."

가브리엘이 고백했다.

"우리 밖에서 잤던 거 기억해?"

카미유가 가브리엘에게 물었다.

"물론이지."

가브리엘이 대답했다.

"사실, 자진 않았지."

카미유가 확실하게 말했다

잠을 자지 않았다면 뻔했다. 나는 무척 당혹스러웠다. 그때, 전시회에 온 다른 친구를 알아본 카미유가 나와 가브리엘만 두고 친구에게 향했다. 확실하게 선을 그을 수 있는 절호의 기회다.

"카미유는 정말 굉장해요."

내가 먼저 입을 열었다.

"카미유는 당신을 좋아해요."

가브리엘이 말했다.

"당신이 카미유와 사귀는 것을 알았다면 키스하지 않았을 거예요. 왜 카미유에 대해 말하지 않았어요?"

"당신이 내게 키스할 줄 몰랐으니까요."

가브리엘은 그 상황이 무척 재밌는 것 같았다. 나는 그의 태도에 살짝 화가 났다. 어쩌면 그에게 끌림이나 진지함 같은 것을 기대했는지도 모르겠다.

지금 후회한들 무슨 소용인가?

가브리엘에게는 카미유가 있다. 우리 둘 다 카미유가 상처받는 것을 원하지 않는다.

가브리엘의 얼굴에서 미소도 장난기도 사라졌다. 나는 그의 진지한 표정을 보고 우물쭈물댔다.

"나는…… 당신도 나와…… 느꼈을…… 그건 중요하지 않아요. 나 혼자 착각한 걸 거예요. 그러니까 그냥 잊어버려요."

그 순간, 내가 듣고 싶은 대답은 '천만에, 에밀리. 당신 착각이 아니에요. 나도 같은 것을 느꼈어요. 내 키스는 진심이었어요'였다.

하지만 내가 기대하는 대답 대신 가브리엘이 의아한 표정으로 물었다.

"뭘 잊으라는 거예요?"

그런 가브리엘의 반응이 훨씬 좋았다. 나는 앞으로 가브리엘과 좋은 이웃으로 지내게 될 것이다.

진짜 좋은 이웃으로만.

더 이상 우리가 함께 오믈렛을 먹는 일은 없을 것이다.

홀로 꿈꾸는 침대

　이튿날, 실비가 잡은 고급 침구회사 해스텐스의 책임자인 클라라와 미팅이 있었다.

　일 속에 파묻혀 지내기, 이것이 앞으로 내가 할 일이다.

　내 삶에 사랑은 제로지만 일이 있고, 일을 하면 흥분된다. 가브리엘을 잊어버려야 한다. 기억 속에서 완전히 지워야 한다.

　가브리엘은 존재한 적이 없다, 바로 그거다!

　우리는 키스한 적도 없다.

　존중하는 차원에서, 실비가 해스텐스 책임자에게 자신의 의견을 이야기하는 동안 나는 말없이 듣기만 했다.

　"런던, 로마, 뉴욕의 수많은 사람들이 틸다 스윈튼이 투명한 유리 상자에서 잠자는 것을 지켜봤어요. 왜 그랬을까요?"

　"틸다 스윈튼의 모든 것에 관심이 있어서……."

　클라라가 대답했다.

　"맞아요. 다른 사람이 잠자는 것을 지켜보는 것은 아주 중독성이 있죠. 아이가 잠자는 것을 지켜보고, 사랑하는 사람이 잠자는 것을 바라보죠. 그리고 이제 파리 사람들은 샹젤리제 거리에 있는 해스텐스의 고급스러운 매장 유리창 너머로 하루 종일 해스텐스의 침대에서 늘어지게 자고 있는 아름다운 커플을 보게 될 거예요. 해스텐스의 최고급 침대가 얼마나 뛰어난지 보여줄 훌륭한 그림이 될 거예요."

클라라는 훌륭한 그림, 사실은 합성한 사진이 별로인 듯했다. 사실, 나도 끌리지 않는다.

침대에 나와 가브리엘이 누워 있다면 모를까. 아니, 아니, 혼자, 진짜로 혼자 누워 있다면⋯⋯.

"좋지만 그닥 마음에 들지 않아요. 어디서 본 것 같은 느낌이 들어요. 다른 아이디어는 없나요?"

클라라가 삐죽댔다.

이런, 실비의 얼굴이 일그러졌다. 실비는 자신의 아이디어가 무척 자랑스러운 것 같지만, 클라라 말이 맞다. 유리 안에 실제 사람을 전시하는 발상은 이미 수천 번 있었다. 여기서는 꿈꿀 수 없을 것 같다. 반대로 무엇이 나를 꿈꾸게 하는지 안다. 아름다운 별빛 아래 가브리엘과 잠드는 것⋯⋯.

아니, 혼자. 진짜로 혼자. 끝났어. 더 이상 가브리엘 생각은 하지 않을 거다.

"제가 이야기해도 될까요?"

내가 묻자 실비가 고개를 끄덕였다. 나는 내 아이디어를 설명했다. 최고급 해스텐스 침대는 우리를 꿈꾸게 한다. 하지만 왜 항상 방이어야 하지? 별이 빛나는 밤에 밖은 왜 안 되는 거지?

나는 파리에서 가장 포스팅하기 좋은 장소, 뤽상부르 공원이나 루브르 박물관에 침대를 놓고 SNS를 활용하고 싶었다.

"사람들은 프로 모델의 작업 사진을 포스팅하지 않아요. 잠을 자고 꿈을 꾸는 사람만 포스팅을 하죠."

내가 말을 마쳤다.

클라라가 환하게 웃는 것을 보고 내가 이겼다는 것을 알았다. 내 아이디어가 클라라의 마음에 든 것이다.

그 아이디어에 영감을 준 사람은 카미유다. 카미유, 가브리엘의 여자 친구.

가브리엘, 나는 내 입술에 닿은 그의 입술을 아직도 느끼고 있다.

나는 그와의 키스를 계속 생각하고 있지만 영원히 잊어버려야 한다.

빨리, 해독제가 필요해!

인플루언서, 고위험군 직업

올리비아 톰프슨과의 점심은 기대했던 것보다 좋지 않았다. 올리비아는 나에게 뒤레 브랜드 홍보대사를 제안했다. 정말! 나는 칭찬을 받고 엄청 감동했다.

홍보대사 제안을 받아들일 수 있으면 좋겠지만, 큰 문제가 있다. 나는 사브아르에서 일한다.

나는 에이전시가 할 수 있는 일을 엄청 설명했지만 올리비아는 꼼짝도 하지 않았다. 그녀가 원한 건 인플루언서 에밀리지, 마케팅 책임자는 아니었다.

헤어지기 전에 올리비아는 실비처럼 자신만 생각하라고 충고했다.

하지만 올리비아가 틀렸다. 실비는 자신만 생각하지 않는다.

실비가 사무실에서 나를 기다리고 있었기 때문이다.

"에밀리, 약속하고 지키지 않는 것이 미국식 방식이에요?"

도대체 무슨 소리야?

"뭐라고요?"

"해스텐스의 클라라가 당신의 제안을 좋아해요. 당신 제안대로 루브르 박물관에 침대를 놓고 싶어 해요. 모나리자 밑에 침대를 놓을 수 있는지 알아봐요. 행운을 빌어요!"

실비의 조롱섞인 표정으로 보아, 그녀는 그 기획이 전혀 마음에 들지 않는 것 같다.

어쩌면 내가 조금 앞서간 것일 수도 있다. 하지만 고객이 다른 에이전시로 떠나면 어쩔 건가! 나는 루브르 박물관 직원들이 아주 화끈할 거라고 확신한다.

"해결할 수 있을 거예요. 여하튼 아주 좋은 소식이잖아요, 안 그래요?"

내가 말했다.

"아, 맞아요. 사람들이 당신이 엄청 바쁘다고 하더라고요."

실비가 내 인스타 계정을 보여줬다. 좀 더 구체적으로 뒤레 브랜드를 칭찬하며 베리를 먹고 있는 사진을 보여줬다.

"뒤레에서 인플루언서로 초대받았어요."

나는 해명했다.

"거기에 간 것이 잘한 일이라고 생각해요?"

"나는 뒤레가 우리와 다시 일하기를 바랐을 뿐이에요."

나는 솔직하게 말했다.

"누가 뒤레와 다시 일하고 싶다고 했어요? 그들이 원하는 것이 당신 같은 인플루언서일지 몰라도 우리는 아니에요. 고객은 제품의 가치를 높이려고 사부아르와 일하는 거예요. 가치를 떨어트리기 위한 것이 아니라."

나는 실비의 말을 눈 한 번 깜박하지 않고 들었다.

"우리는 같은 편이에요."

내가 강조했다.

"당신이 상징하는 것은 걱정이에요. 나는 당신 생각에 전혀 반대하지 않아요. 하지만 당신 SNS는 우리에게 진짜 걱정거리예요. 당신은 뒤레를 위해 방금 공짜로 일을 해줬어요. 엄청난 대가를 지불하며 우리에게 홍보를 맡기는 고객이 그걸 보고 어떤 생각을 하겠어요?"

이런, 실비 말이 맞다! 눈곱만큼도 그 생각을 못 했다

"오케이, 그럼 제가 어떻게 할까요?"

내가 묻자 실비가 상냥한 미소를 지었다. 나에게는 전혀 좋은 징조가 아니다.

"인스타그램 계정을 없애요."

뭐라고? 실비가 사부아르 대표로서 나를 쫓아버리고 싶은 건 아닐까?

인스타그램 계정을 없애라니! @EmilyinParis를 삭제하라고? 인스타그램 없이 어떻게 살지? 인스타그램에 사진과 글을 올리고 팔로워 수를 조회하며 파리의 힘든 생활을 견뎠다. 물론 미스터 오믈렛도 있었다. 하지만 그에게는 카미유가 있다.

내 인생은 왜 이렇게 복잡할까?

파리의 분위기에 사람을 돌게 만드는 뭔가 있는 걸까? 그것 말고는 이유가 없다. 시카고에 있을 때는 좋아하는 일과 남자 친구도 있었다. 매일 같은 시간에 조깅을 했다. 모든 것이 내가 원하는 대로 잘 돌아갔다.

하지만 프랑스에 온 후로 모든 것이 엉망진창이다!

머릿속에 하나 분명한 것이 떠올랐다. 상사인 실비에게 무조건 복종하는 것 외에는 다른 선택지가 없다는 것이다.

인스타그램 계정을 삭제하기 전 마지막 파티라는 명목으로, 나는 민디와 함께 파리 야경을 즐기기로 했다.

우리는 곳곳을 돌아다니며 사진을 찍고 포스팅했다. 조명이 환하게 켜진 에펠탑 앞에서 샴페인을 터뜨렸다. 몽마르트 아래 예쁜 골목길을 걸을 때는 우리 둘 다 조금 취했다.

민디가 프랑스 공공기관에서 겪었던 좋지 않은 일화를 들려줬다.

"한 시간을 기다리라고 하더라고. 한 시간을 기다린 끝에 들은 답은 '가능하지 않다'였어. 그리고 승인 부서로 넘기더라고."

"가능하지 않다?"

나는 민디의 말을 되뇌었다.

"파리가 제일 좋아하는 문장이야."

민디가 남은 샴페인을 마저 마시면서 말했다.

민디 말이 맞았다. 내가 루브르 박물관 직원에게 모나리자 밑에 침대를 놓아도 되는지 물었을 때 들은 대답이 '가능하지 않다!'였다.

루브르에 침대를 놓을 수 있는 사람은 비욘세 뿐일 거다.

하지만 나는 비욘세와 안면도 없다. 게다가 곧 인스타그램 계정마저 사라진다! 민디와의 보낸 멋진 밤도 @EmilyinParis도 사라질 것이다.

거품과 고백

샴페인을 마시고 난 다음 문제는 집에 들어갈 때 비밀번호가 기억나지 않는다는 것이다. 인스타그램 계정도 닫아야 하는데 못된 건물 현관문이 열리지 않는다. 발로 차버릴 거야!

이런, 이런, 내 뒤에 누가 있게? 미스터 섹시가 내 뒤에 나타났다! 언제나 그렇듯 내가 필요로 할 때 그가 나타났다!

"늦게 들어오네요."

가브리엘이 말했다.

응, 너보다 수천 배 더 열정적인 남자와 멋진 밤을 보내고 오는 길이야. 그 남자도 누구처럼 맛있는 오믈렛을 만들 줄 알지만 다행히 카미유라는 여자 친구는 없어.

딱 가브리엘에게 하고 싶은 말이다. 하지만 머릿속에 샴페인 거품이 가득해서 제대로 말이 나오지 않았다. 그리고 이웃일 뿐인 우리가 모든 것을 공유할 필요는 없다는 생각이 들었다.

나도 사생활이 있다. 어쨌건, 뭐, 그런 것이 있다.

"당신도 늦게 오네요."

내가 대답했다.

"식당 문 닫고 오는 길이에요."

가브리엘이 대답과 함께 건물 현관문 비밀번호 5, 2, 1, 3을 눌렀다. 역피라미드다.

아, 좋아. 내가 거의 맞혔어! 다만 숫자를 뒤섞어 눌렀을 뿐이다.

하지만 이게 모두 프랑스 사람들 탓이다. 그들은 날짜와 층, 모든 것을 뒤바꿔 놓는다. 그런데 나도 그러고 있다. 이것을 적응이라고 하나? 나도 파리의 관습에 적응하고 있다.

가브리엘과 마주친 것이 짜증났다. 그래서 아무 말없이 계단을 올라갔다.

그에게 무슨 말을 하겠는가?

키스하는 동안, 그는 아무것도 확인해주지 않았다. 그는 우리가 키스한 것도 진작 잊어버렸다.

나도 그럴 수만 있다면! 기억을 지워버릴 수 있는 특별한 지우개가 있다면 얼마나 좋을까! 인스타그램 계정 삭제처럼 클릭 한 번으로 할 수만 있다면 얼마나 좋을까!

가브리엘이 자신의 문 앞에서 주춤했다.

"당신 혼자 그런 게 아니에요. 나도 느꼈어요."

가브리엘이 마침내 고백했다.

내가 그를 향해 고개를 돌렸다.

나는 미소를 지으며 계단을 올라갔다.

가브리엘에게는 카미유가 있기 때문에 우리 사이에는 아무 일도 일어나지 않을 것이다. 하지만 적어도 그날 밤 레스토랑에서 나만 느꼈던 것은 아니다. 우리 둘 다 전율을 느꼈다.

뜻밖의 행운

@EmilyinParis가 없어지자 완전히 고아가 된 기분이다. 사진이나 해시태그를 하고 싶어 휴대전화를 꺼낼 때마다 이제 계정이 없다는 것을 떠올렸다. 정말 힘들다. 익숙해지지 않는다. 내 일부분이 떨어져나간 기분이다. 아니, 그보다 더 끔찍하다. 내 인생이 사라진 기분이다! 텅 빈 느낌이다.

절대 루브르 박물관 사람들을 설득하지 못할 것이다. 다른 파리의 랜드마크를 찾아 설득하려 했지만 하나같이 실패했다. 실비가 사무실에서 큰소리로 나를 불렀다.

"에밀리, 당신 휴대전화 좀 줘요!"

뭐라고? 이젠 내 휴대전화까지 빼앗겠다는 건가? 그리고 그 다음은 뭐야? 내 남자 친구? 만약 있다면 말이지만.

나는 영문도 모른 채 실비의 사무실로 갔다.

"마지막으로 포스팅한 사진을 보여줘요."

그녀가 말했다.

"이미 계정 삭제했어요."

"그럼, 다시 살려요."

나는 전혀 이해되지 않았다. 어제는 계정을 없애라고 했다가 오늘은 다시 살리라고? 도대체 뭐지?

그것도 프랑스 사람의 이상한 습관인가? 아니면 나를 괴롭히려는 전략인가?

"내가 회사 분위기를 망친 건……."

나는 말하다가 실비의 치켜뜬 두 눈을 본 순간, 얌전히 시키는 대로 하기로 마음먹었다. 나는 몽마르트 근처에서 민디와 함께 찍은 사진을 보여줬다. 우리 둘 다 조금 취해 있었지만 별로 심각한 상태는 아니었다. 아닌가?

"아, 알겠어요. 달리다 광장이군요."

실비가 사진 속 장소를 알아봤다.

"무슨 일이에요?"

내가 물었다.

"해스텐스의 북유럽 마녀, 클라라가 빨리 이 장소에 침대를 설치하라고 했어요. 그리고 제일 먼저 당신이 포스팅하라고 했어요."

클라라가 나를 팔로잉하나? 믿을 수가 없어! 환호성을 지르며 펄쩍펄쩍 뛰고 싶었지만 겨우 참았다. 조금도 프랑스인답지 않은 행동이다. 두 발이 근질거리지만 실비처럼 금욕적으로 행동해야 한다.

"왜 나예요?"

내가 놀라 물었다.

"당신이 도착한 날부터 나도 그 질문을 했어요."

실비가 비아냥대더니 말을 이었다.

"당신이 수천 명의 팔로워가 있다는 것을 본 것 같아요. 그걸로 눈덩이 효과를 낼 수 있을 거라고 생각하나 보죠."

다시 말해, 내 인스타그램 계정을 유지할 수 있다는 뜻이다.

인플루언서 에밀리가 돌아왔다!

파리가 나를 인정하기 시작했다고 생각했다. 그리고 어쩌면, 어쩌면 말이야, 파리가 행운을 가져다줄지도 모른다는 생각이 들었다.

그래! 그래!

더는 견딜 수 없다. 카미유와 가브리엘을 수시로 만나고, 두 사람이 포옹하고 진한 키스를 나눈 것을 보는 것만으로도 이미 충분하다. 그런데 밤새 두 사람이 사랑을 나누는 소리가 들린다. 두 사람이 지르는 비명에 잠을 잘 수가 없었다. 정말 참을 수 없다!

우선, 내 방 밑에서 무슨 권리로 두 사람이 그 짓을 한단 말인가? 그래, 좋아. 그곳이 가브리엘 집인 것은 맞다. 하지만 그래도 그렇지 내가 조금이라도 잠을 잘 수 있게 해줘야 하는 거 아닌가? 내 요구가 너무 지나친 건가?

두 사람이 지르는 '그래! 그래! 소리에 지쳤다. 나는 '아니! 아니!'를 중얼댔다.

여기 쉬고 싶은 사람이 있다고!

하지만 두 사람이 침대에서 그것 말고 할 것이 무엇이겠는가!

피곤하기도 하고 살짝 부러워(그래, 맞다. 엄청 부럽다)하며 출근했다.

힘든 하루가 기다리고 있었다. 오늘 아침, 우리는 뛰어난 디자이너 피에르 카도와 홍보 계약 때문에 만나야 한다. 엄청 힘든 일이다!

쥘리앵이 나에게 검은색 옷을 입으라고 충고했다. 나는 검은색 원피스에 가죽 재킷을 걸쳤다. 핸드백에 달린 행운의 마스코트가 유일하게 컬러풀했다.

어렸을 때부터 오트 쿠튀르*의 옷을 입고 '가십걸'의 주인공처럼 되는 꿈을 꿨다. 하지만 대학생이 되고 나서 내가 살 수 있던 것들은 명품을 베낀 사구려 짝퉁이었다. 그걸 사려고 용돈을 모두 털었다.

피에르 카도는 에이전시의 명성을 드높일 수 있는 인물로 회사의 상징이 될 것이다. 나는 행운의 마스코트가 제 역할을 해주길, 그리고 아무런 실수도 하지 않길 바란다.

사무실에 도착한 나는 파란색 체크무늬 양복을 입은 쥘리앵을 보고 깜짝 놀랐다.

"쥘리앵, 검은색 옷을 입어야 한다고 했잖아요!"

내가 그의 기억을 상기시켜줬다.

"에밀리에게 한정된 얘기죠. 피에르 카도의 눈에 띄지 않게 검정색 옷을 입으라고 한 거예요."

쥘리앵이 명확하게 말했다.

하지만 나는 눈곱만큼도 투명인간 취급을 받고 싶지 않다. 나, 에밀리 쿠퍼는 열두 살 때부터 피에르 카도와 악수하길 꿈꿨다. 당시 그의 의상을 보려고 엄마 미용실에서 보그 잡지를 훔치기까지 했다. 그건 전설이다.

피에르 카도는 정말 천재였다.

"나도 알아요, 쥘리앵. 카도가 발렌티노와 논쟁을 벌인 것도, 엘

* 파리의상조합에서 지정한 규모와 수준에 맞는, 고급 의상 제작사

튼 존과 사귄 것도, 그리고 그가 사랑하는 이구아나가 불멸이라는 것도 말이에요."

내가 알아낸 것을 말했다.

"사실, 이구아나는 이미 다섯 마리나 죽었어요. 하지만 사람들을 속이려고 매번 새 이구아나에게 같은 이름을 붙이는 거예요."

쥘리앵이 귀뜸해줬다.

나는 내 귀를 믿을 수 없었다. 쥘리앵은 정말 모르는 것이 없었다. 가십의 제왕이다!

실비가 우리한테 눈길도 주지 않은 채 옆을 지나갔다. 하지만 나는 그녀의 태도에 익숙해지기 시작했다.

"아, 안녕하세요, 실비! SNS 전략에 관한 내 이메일 보셨어요?"

내가 실비에게 말을 걸었다.

"피에르 카도는 모든 현대적인 것을 극도로 싫어해요. 하지만 피에르 카도의 조카는 경쟁해야 한다는 것을 알아요. 그가 우리 에이전시와 계약하면, 그때 그 문제에 대해 이야기하도록 해요. 오늘은 관찰하고 칭송만 하고 눈에 띄지 마요."

실비가 설명했다.

"그건 쉬워요. 저 검은색 옷을 입었어요!"

나는 활짝 웃으며 대답했다.

실비가 나를 요리조리 살펴보았다.

"그건 검은색이 아니에요."

음? 나는 전혀 이해가 되지 않았다. 이것도 프랑스식 유머인가?

불행의 마스코트

피에르 카도의 작업실은 놀라웠다! 나는 늘 그런 곳에 가서 작업 중인 패션디자이너들을 보고 싶었다. 멋진 옷감을 감상하고 창의성과 집중력이 가득한 분위기를 느끼고 싶었다. 피에르 카도의 조수인 도미니크가 우리를 안내했다. 그녀는 피에르 카도는 유행을 쫓지 않는 예술가라고 했다. 올해에도, 이번 파리 오페라 발레단에 쓰일 의상을 제작하는 데에 재능 기부를 했다고 한다. 그 이야기를 하면서 우리를 문제의 발레복이 전시돼 있는 방으로 안내했다.

발레복이 무척 아름다워 나는 아무 말도 하지 못했다.

갑자기 젊은 여자가 사색이 돼 우리 쪽으로 달려왔다. 뭐, 불이라도 난 건가?

"그가…… 그가 왔어요!"

그녀가 떨리는 목소리로 소식을 알렸다.

모두 제정신이 아니었다. 드디어 황제 피에르 카도가 등장했다. 실비, 쥘리앵, 나는 그에게 좋은 인상을 주려고 자세를 가다듬었다.

"도미니크, 의상을 보여주고 싶지 않다고 했잖아. 아직 완성되지 않았어."

그가 신경질을 부렸다.

"피에르, 당신의 발레복이 발레 공연을 빛나게 할 거예요. 사부아르 사람들에게 그걸 확인시켜주려는 것뿐이에요, 안 그래요?"

도미니크가 우리를 소개했다.

피에르가 선글라스를 벗었다.

"아, 그래. 인스타그래머들이군."

피에르는 왜 우리를 나쁜 병에 감염된 사람 취급하는 거지?

"아, 아니에요. 카도 씨, 당신을 만나다니 제 직업이 무척 자랑스러워요."

실비가 실수를 바로잡기 위해 말을 꺼냈다.

"제 인생 최고의 영광입니다."

쥘리앵이 말했다.

내가 시험을 통과할 차례다.

"그럼 당신은?"

피에르가 내 눈을 바라보며 물었다.

"아, 영광 그 이상이에요. 내 말은 사실 저는 늘 당신의 옷을 동경했어요. 당신의 작업실에 오다니 진짜 엄청나요!"

나는 그와 악수를 하며 당황한 눈빛으로 실비와 쥘리앵을 쳐다봤다.

"엄청나다?"

피에르 카도가 의심스러운 표정으로 내 말을 반복했다.

좋아!

내 생각을 분명하게 밝혀야겠다고 마음먹었다. 다행히 나는 기발함이 부족한 사람은 아니다!

"당신 오트 쿠튀르는 딸기죠. 당신의 옷들을 마구 집어 먹고 싶어요!"

그 순간, 피에르가 인조털로 만든 커다랗고 빨간 심장과 진주 그리고 작은 에펠탑이 달린 내 행운의 마스코트를 쳐다봤다. 파리에 대한 내 진정한 사랑을 담고 있는 마스코트다!

"링가르드!"

그가 분노를 터뜨렸다.

그 말과 함께 피에르가 방을 나갔다. 당황한 실비와 쥘리앵이 그 뒤를 따라 나갔다. 나는 그들을 따라 계단을 내려갔다. 나는 무슨 일이 벌어진 것이 전혀 이해되지 않았다. 전혀!

"잠깐만요! 무슨 일이에요?"

"링가르드는 촌스럽다는 뜻이에요. 피에르가 당신을 촌년이라고 한 거죠."

쥘리앵이 대답했다.

하지만 그게 그렇게 펄쩍뛸 일인가? 고작 액세서리 하나에 그렇게까지 화를 낸다고?

토마

운이 바뀔 수도 있다는 것을 예상했어야 했다. 내 행운의 마스코트가 끔찍한 불행을 몰고 왔다.

저녁에 한잔하러 카페에 갔다. 실비와 쥘리앵이 나한테 한 마디도 하지 않는 끔찍한 하루를 보낸 후라 가브리엘과 카미유의 '그래! 그래!'와 같은 게 간절했다.

카페 손님 중 여자가 연상인 듯한 커플을 보고 있는데 옆 좌석에 앉은 남자가 말을 걸어왔다.

"당신 생각에 저 남자가 아들일까요? 아니면 애인일까요?"

남자가 물었다.

나는 그를 향해 고개를 돌렸다. 흠, 지적인 분위기를 띠는 별로 나쁘지 않은 인상이다. 하지만 그가 쓰고 있는 안경 때문일 수도 있다. 그의 차분한 모습이 한몫 거든 점도 있다. 어쨌건, 매력적이다.

"사실, 시저 샐러드가 20유로를 지불할 정도로 가치가 있는지 생각 중이었어요. "

나는 그에게 미소를 지으며 대답했다.

"저 여자는 권위적이고 살짝 독재적이죠. 엄마처럼 말이죠."

그가 덧붙였다.

나는 커플을 바라봤다.

"여자가 음식을 먹여주고 있네요."

오마이갓!

나는 평범하지 않고 장애물을 넘으면서 틀을 깨트리는 사랑 이야기를 좋아한다. 아주 로맨틱하고 무척 파리스럽다!

"지는 사람이 한 잔 사는 거예요."

그가 내기를 제안했다.

"이길 것이라고 확신해요?"

"나는 기호학 교수예요. 기호학은……."

"상징을 연구하는 학문이죠. 저는 커뮤니케이션 석사예요."

내가 말을 가로챘다.

그는 토마라고 자신을 소개했다. 누가 이긴지 어떻게 알 수 있냐고 묻자, 커플이 깊은 속내를 드러낼 때까지 카페 테라스에 앉아 있으면 된다고 했다.

'너를 유혹하고 싶어'라고 말하는 쪽보다 훨씬 귀여웠다. 그가 한잔 사면서 우리는 본격적으로 수다를 떨기 시작했다.

몇 시간 동안 말이다.

나는 에이전시에서 있었던 나의 불행을 그에게 이야기했다. 누군가를 촌년 취급하는 사람이 진짜 촌년이라고 그가 말했다. 그가 우리가 있는 카페에 대한 이야기를 하면서, 장폴 사르트르와 시몬 드 보부아르가 자주 드나들기 전에는 유명하지 않았다는 사실도 알려줬다.

그와 대화하면서 기분이 좋아졌다.

누가 알아? 나도 언젠가 유행을 선도하는 사람이 될지?

토마는 나를 촌년이라고 생각하지 않는다. 촌뜨기로 여기지 않는다. 어리석다고 생각지 않는다. 토마 덕분에 내 자신이 재밌고 똑똑하다고 느껴졌다.

파리지엔.

그런 이유로 그리고 외로워서, 여태 한 번도 해본 적 없는 일을 저질렀다. 첫만남에, 남자를 집으로 초대한 것이다.

즐거워 죽을 지경이야

파리지엔에게 섹스는 단지 으음…… 아니 토마이기 때문일 거다.

그는 내가 모르는 여러 가지 것들을 알려줬다(전 남친과는 별 특별한 것이 없었다). 아무 어려움없이 온갖 짓을 다 했다. 토마는 다시 만나고 싶다고 말했다.

하지만 조금 당혹스러운 점이 있었다. 토마는 '그에게 묻은 나의 향기를 간직'하고자 샤워를 하지 않겠다고 했다. 솔직히 그 말을 어떻게 받아들여야 할지 몰랐다. 하지만 그것 빼고는 모든 것이 무척 달콤했다. 좀 더 정확히 말하면 세 번 달콤함을 맛봤다.

집에서 나오다 카미유와 마주쳤다.

"안녕! 저 사람 누구야?"

카미유가 토마를 가리키고는 웃으며 물었다.

"어제 저녁에 만난 교수야. 이런 적은 처음이야. 그가 살인자였을지도 모르는데 말이야."

나는 카미유에게 솔직하게 털어놨다.

"간밤에 '프티트 모르'가 세 번쯤 들리긴 했어. 처음에는 영문을 몰랐지. 아 '프티트 모르'는 가벼운 죽음이라는 뜻으로 오르가즘을 말해."

카미유가 설명해줬다.

뭐라고?

그럼 아파트 사람들이 모두 내가 죽는 소리를 들었다고? 나는 죽었어. 그건 분명해. 하지만 창피함 때문에 죽었어!

그건 내가 아는 두 사람이 매번 가벼운 죽음을 겪을 때마다 참아야 했던 내 심정을 소심하게 복수한 것일 수도 있다.

지난 밤, '그래! 그래!'를 외친 쪽은 나다.

아니, 아니다. 나는 '오, 예스! 오, 예스'라고 외쳤을 거다!

아마도…….

감염병에 걸린 사람의 인생

토마와 보낸 하룻밤 덕에 오늘 하루를 날 넘길 수 있을 것 같다. 실비와 쥘리앵이 어제 일을 잘 처리할 수 있길 바랄 뿐이다. 기회가 한 번 더 있다면 어제 피에르에게 저질렀던 실수를 나는 충분히 만회할 것이다.

그 사건 때문에 불행의 마스코트라는 오명을 평생 짊어질 수는 없다!

"우와, 우리 아름다운 '링가르드'가 왔어요!"

쥘리앵이 나를 보며 놀렸다.

"아, 그만해요!"

나는 눈을 치켜뜨며 말했다.

"적어도 '아름다운'이라고 했잖아요. '촌년'인 것은 사실이고요."

쥘리앵이 변명했다.

"나는 촌년이 아니에요. 그 증거로 기호학자 교수와 밤을 보냈다고요!"

"교수만큼 형편없는 사람도 없어요. 그들은 썩었어요!"

토마 덕에 내가 세 번의 죽음을 맛보았다는 것을 쥘리앵은 모르고 있다. 질투다!

"아니, 토마는 형편없지 않아요! 그 사람은 랭보의 시를 읊었어요. 정말 섹시했다고요."

시가 곁들여진 사랑이라고!

"짐작컨대 그 불운한 시인 때문에 한 시간이나 지각했군요?"

쥘리앵이 말했다.

"아니, 실비가 11시 전에는 오지 말라고 메시지를 보냈어요."

쥘리앵이 깜짝 놀란 표정으로 내 뒤쪽 유리문을 바라봤다. 실비가 주요 고객인 명품 시계 푸르티에의 담당자와 회의실에 있었다.

SNS 홍보 담당은 나다. 나를 빼놓고 고객을 만나면 안 된다.

회의가 끝나고 나서 나는 실비의 해명을 듣고자 곧장 그녀의 사무실로 갔다.

"푸르티에와의 회의에 왜 나를 부르지 않은 거예요? 프리젠테이션을 준비했다고요."

실비가 뤼크를 바라봤다. 마치 학교 운동장에 있는 기분이다. 화난 소녀가 친구에게 직접 말하지 않고 다른 친구를 부르는 것 같았다.

"뤼크, 에밀리에게 앞으로 푸르티에의 SNS를 관리할 필요 없다고 전해줄래요? 그리고 이제부터 명품 브랜드에는 '접근금지'라고 말해줘요."

내가 이의를 제기하려고 하자 실비가 다시 뤼크에게 말했다.

"에밀리에게 하루 종일 툴툴대는 소리 듣기 싫으니 그냥 집으로 돌아가라고 말해줘요. 마지막으로 에밀리가 '접근금지'의 의미를 잘 알고 있는지 확인해줘요."

'접근금지'의 의미쯤은 잘 알고 있다. 내가 이해하지 못하는 것은 왜 내가 벌을 받아야 하는지다. 나는 잘못한 것이 없다!

내가 대서양을 건너온 이유가 지독한 카망베르 냄새를 맡고 기절하기 위한 것도, '가능하지 않다'라는 말을 듣기 위한 것도 아니다. 더구나 '촌년'이나 '촌뜨기'와 같은 푸대접을 받으며 무시당하기 위한 것도 아니다!

이런 쇼가!

점심에 민디가 아이들을 돌보는 공원에 갔다. 재앙과도 같은 피에르 카도와의 만남, 토마와의 만남, 어처구니 없는 접근금지 등 모두 털어놨다.

"엑세서리 하나 때문에 벌을 받다니 믿을 수 없어!"

나는 툴툴댔다.

"남자라는 엑세서리가 생겼으니까 그걸로 위안 삼아."

민디가 바게트 절반을 흔들며 농담했다.

민디는 늘 나를 웃게 하고 기운 나게 해준다. 민디 없이 어떻게 힘든 파리 생활을 헤쳐 나갈 수 있을지 모르겠다. 민디에게는 늘 신세를 지고 있다.

최근에 민디는 가수가 되고 싶다는 자신의 꿈을 털어놨다. 그녀는 어렸을 때 '차이니즈 팝스타' 방송에 출연한 적이 있다고 했다. 민디로서는 까맣게 잊고 싶은 끔찍한 기억이라고 했다. 박자, 음정, 모든 것을 엉터리로 불렀는데, 갑부(지퍼 왕!)의 딸이라는 것이 밝혀지면서 인터넷에서 놀림거리가 됐단다. 민디가 파리로 도망친 이유 중 하나다.

나는 민디가 꿈을 이루길 바란다. 모든 사람은 두 번째 기회를 가질 권리가 있다. 요전에 민디에게 한 말이다. 내 말이 효력을 발휘한 것 같다.

"무대에 올라 노래를 부른다면 아무도 나를 모르는 이곳 파리에서 부를 거야. 크레이지 호스에서 공개 오디션이 있어."

민디가 말했다.

"오, 좋아. 레츠 고 크레이지!"

내가 그녀를 격려했다.

"아니 안 돼, 거기는 안 돼."

"왜 안 돼?"

나는 민디에 반응에 놀랐다.

"무대에 오를 생각만 해도 속이 울렁거려."

나는 민디가 꿈을 포기하게 둘 수 없다. 불가능한 일이다! 이번에는 내가 민디를 도와줄 차례다.

"나는 네가 크레이지 호스에 가야 한다고 생각해."

"솔직히 내가 노래를 할 줄 아는지 모르겠어."

민디는 자신의 실력을 의심했다.

"좋아, 그럼 내 앞에서 노래해봐."

"물론이지! 언젠가 네 앞에서 노래할게. 어쨌든 여기서는 아니야."

나는 주위를 둘러봤다. 사람들이 있었지만 대화하거나 쇠공치기를 하는 등 각자 할 일을 하고 있었다.

"왜 안 돼? 봐봐. 아무도 우리를 쳐다보지 않아."

그 말에 용기를 낸 민디는 의자 앞에 서서 수줍게 '라 비 앙 로즈'를 부르기 시작했다. 민디는 첫소절부터 나를 사로잡았다. 민디는 그 부분을 수천 번도 더 불렀을 것이다. 민디는 자신만의 방식으로 해석해 불렀다. 민디의 노래가 얼마나 멋진지, 온몸에 소름이 돋았다. 민디의 목소리처럼 균형있고, 섬세하고, 세련됐다.

그녀의 노래에 매혹된 사람이 나 혼자는 아니었다. 민디도 모르는 사이에 사람들이 그녀의 노래를 들으려고 주위로 몰려들었다. 민디의 노래가 끝나자 우레와 같은 박수가 쏟아졌다.

민디는 훌륭한 가수다.

그리고 멋진 친구다.

더블 데이트는 절대 안 돼!

퇴근 시간에 맞춰 토마가 아파트 앞에서 기다리고 있었다. 저녁을 함께 먹기로 했다. 토마를 다시 만나 행복했다. 나는 '원나잇스탠드'를 좋아하지 않는다.

토마가 나를 다시 만나고 싶어 하는 것도 하룻밤 상대가 아닌 좋은 사람이라는 증거일 것이다. 어쩌면 좀 더 진지한 관계로 나아갈 수 있지 않을까?

토마와 이야기하고 있는데, 가브리엘과 카미유가 안에서 나왔다.

두 사람과 부딪히지 않고 한 걸음도 뗄 수 없다니!

왜 그런지 평소보다 더 불편했다. 어쩌면 토마와 같이 있는 모습을 가브리엘에게 들켰기 때문일 것이다.

가브리엘이 나와 토마를 번갈아 바라봤다.

"안녕!"

가브리엘이 차갑게 인사했다.

"새 친구 소개 안 해줘?"

카미유가 다정하게 물었다.

"여기는 토마. 토마, 여기는 카미유. 그리고 남자 친구 가브리엘이야. 가브리엘은 맞은편 레스토랑 셰프야."

내가 세 사람을 소개했다.

"오늘 밤은 다른 요리사가 음식을 할 거예요. 우리 지금 10구에 있는 작은 스페인 타파스 바에 갈 예정이라서요."

가브리엘이 말하자 카미유가 고개를 끄덕였다.

그러다 별안간 깨달음을 얻은 사람처럼 까미유가 눈을 동그랗게 떴다.

"우리랑 같이 저녁 먹으러 가요!"

나는 격렬하게 반대했지만 소용없었다. 카미유와 토마가 무척 적극적이었다. 나는 전혀 내키지 않았다. 네 명이 하는 저녁은 언제나 즐거웠다. 하지만 지금은……

가브리엘도 별로 달갑지 않은 것 같다. 표정만으로도 알 수 있다.

하지만 카미유가 강하게 주장했다.

어쩔 수 없이 함께 가기로 했다. 내가 모르는 생−마르탱 운하로 갔다. 정말 아름다운 곳이다. 덕분에 또 다른 파리의 명소를 발견했다!

"예전이 훨씬 더 멋지고 매력적이었죠. 지금은 파리는 보보스족*들에게 완전히 점령당해 버렸어요."

걷는 동안 토마가 말했다.

"나는 항상 매력적인 곳이라고 생각해요."

가브리엘이 반대 의견을 폈다.

"예전과 비교하면 디즈니랜드가 돼버렸죠."

나는 가브리엘과 토마 사이에 흐르는 긴장감이 이해가 안 됐다.

* 사회, 경제적으로 성공한 부르조아. 저항과 자유로운 삶을 추구한다

우리는 식당 테라스에 자리를 잡고 와인과 타파스를 주문했다.

"가브리엘, 주문한 와인 정말 맛있어요."

나는 분위기를 누그러뜨리려고 가브리엘의 선택을 추켜세웠다.

"리오하 부근에서 생산한 소규모 유기농 와인이에요."

가브리엘이 대답했다.

"응, 와인에 관한 거라면 가브리엘은 천하무적이지."

카미유가 끼어들었다.

"샴페인만 빼고. 샴페인은 카미유가 최고예요."

가브리엘이 카미유를 바라봤다.

"그건 샹파뉴에서 태어났기 때문이지. 샹파뉴에 작은 성과 와인 너리가 있어요. 도멘* 들라리스!"

들라리스라는 이름을 듣고 토마의 눈이 반짝였다.

좋았어, 드디어 세 사람이 함께 할 이야기거리가 생겼어!

"도멘 들라리스? 한 번도 들어본 적 없는 이름인데요."

토마가 의심스러운 눈길로 카미유를 바라봤다.

"아주 작은 도멘이에요. 그 이야기는 그만해요. 진짜 재미없어요."

카미유가 무척 당황했다.

"동감이에요. 와인 이야기만큼 지루한 것은 없죠."

토마가 동의했다.

다시 말해, 가브리엘이 좋아하는 주제 중 하나가 무척 지루하다는 뜻이다. 잠시 풀어졌던 분위기는 금세 다시 냉랭해졌다.

주의: 더블 데이트 저녁 식사는 두 번 다시 하지 않는다(특히 네 번째 사람이 가브리엘이라면 더더욱).

---

* 자신이 소유한 농원에서 수확한 포도로 포도주까지 만드는 양조장

플랜 A, 플랜 B

다음 날 출근하는 길에, '백조의 호수' 포스터를 봤다. 포스터에 의하면 의상 제작자는 피에르 카도였다.

바로 그거야!

번뜩이는 아이디어가 떠올랐다. 디자이너 피에르를 설득하고 실비와 화해할 수 있는 일석이조의 결과를 얻을지도 모른다. 쥘리앵의 말에 따르면 실비는 에이전시에 첫 출근한 날부터 늘 피에르 카도 브랜드를 홍보하고 싶어 했다.

이 일을 성공하면 실비와 친해질 수 있을 것이다.

좋아! 실비가 출근하는 걸 보고 곧장 그녀의 사무실로 갔다.

"헤이, 걸!"

실비가 눈을 치켜떴다.

"죄송해요. 다시는 그렇게 안 부를게요……. 한 가지 할 이야기가 있어요. 사실은 두 가지예요. 당신과 나 아니면 당신과 그 누구든, 피에르 카도와 다시 이야기하려면 발레를 보러 가야 해요."

그리고 실비에게 발레 티켓 두 장을 내밀었다. 그러자 실비가 가차없이 티켓을 찢어버렸다.

"이 일이 끝날 때까지, 내 앞에서 두 번 다시 그 이름 언급하지 말아요. 알았어요?"

오케이이이.

플랜 A는 생각만큼 좋은 아이디어가 아니었다.

다행히 플랜 B가 남아 있다. 토마를 초대해 같이 '백조의 호수'를 보면 된다.

더 이상 실수는 없다.

아주 우아한 드레스를 빌리고 가방과 숄, 긴 장갑과 하이힐을 샀다. 그리고 동네 미용실에서 멋지게 머리를 올렸다. 욕실 거울에 비친 내 모습이 가십걸*의 주인공인 블레어 월더프처럼 보였다. 나는 우아하게 계단을 내려갔다. 일부러 그렇게 걸은 것이 아니다. 드레스 때문에 어쩔 수가 없었다. 드레스는 입은 사람을 모두 공주로 만들어주는 마법같은 힘이 있는 모양이다. 마치 파티에 참석하는 신데렐라가 된 기분이었다.

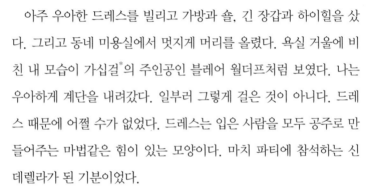

그때 가브리엘이 건물 현관문을 열고 들어왔다. 그가 나를 머리부터 발끝까지 쳐다봤다.

"에밀리, 안녕! 그렇게 입고 어디 가요?"

"발레 티켓 두 장이 생겼어요."

내가 대답했다.

"토마와 같이 가는 거예요?"

내가 고개를 끄덕였다

"아, 그럴 줄 알았어요. 즐거운 저녁 보내요."

* 뉴욕 맨해튼이 배경인 미국 드라마. 재벌 2세들의 화려한 생활과 고급 패션이 매회 등장한다

어, 근데 왜 찡그리지?

"토마하고 안 좋은 일 있었어요?"

내가 물었다.

"아무 일 없어요. 내 생각이지만 토마가 속물 같아서요. 지성인인 척하는 멍청이에요. 그런 종류의 사람들 알아요. 당신이 전혀 어울리지 않는 사람한테 시간 낭비한다고 생각해요. 그뿐이에요."

내가 무슨 잘못이라도 했나? 내가 카미유를 비난했나?

절대 아니다. 카미유는 비난할 부분이 없다. 아주 완벽하다. 그렇다고 해도, 어떻게 내가 만나는 사람에 대해 그렇게 무례하게 말할 수 있지?

가브리엘은 내 이웃이다. 그냥 이웃일 뿐이다. 내 남자 친구를 비난하면 안 되는 것 아닌가?

속물인가 아닌가

오페라 극장은 지금까지 내가 본 건물 중 제일 아름다웠다. 여전히 신데렐라가 된 기분이다.

나의 매력적인 왕자님이 커다란 계단 아래에서 나를 기다리고 있었다.

"에밀리, 검정색 드레스가 정말 잘 어울려요."

토마가 내 옷을 보고 칭찬하면서 말을 이었다.

"하지만 그 드레스를 입지 않았을 때가 훨씬 더 멋있죠. 한 가지 궁금한 것이 있어요. 오늘 밤 볼 공연이 "백조의 호수'가 맞아요? 농담이죠?"

뭐? 깃털 알레르기라도 있는 거야, 뭐야?

"왜요?"

너무 놀라 묻지 않을 수 없었다.

"오페라 극장에서 내가 마지막으로 본 공연은 라벨의 '볼레로'예요. 최고의 걸작이죠. '백조의 호수'는 관광객들을 위한 뻔하디 뻔한 거죠."

"오케이! 내가 '백조의 호수'를 보려는 이유는 피에르 카도를 만나기 위해서예요. 당신은 그냥 여기서 기다리고 있어도 돼요."

토마가 눈살을 찌푸렸다.

"피에르 카도를 만나러 왔다고요? 한때 잘나가던 늙은 디자이너를 만나려고, 뻔하디 뻔한 발레를 보는 척하자는 거예요?"

피에르가 젊지 않은 것은 사실이다. 하지만 토마가 절대 가질 수 없는 엄청난 재능을 갖고 있다. 무엇보다 나를 꿈꾸게 하는 사람 중하나다.

갑자기 가브리엘이 한 말이 떠올랐다.

"오마이갓! 당신 정말 속물이군요, 이럴 수가!"

나도 모르게 큰소리로 외쳤다.

"속물? 속물을 들먹이는 사람들은 무식한 사람들이에요."

토마가 눈썹 하나 깜박하지 않고 말했다.

나는 '무식한 사람'일지 모른다. 그렇지만 방금 확실하게 깨달은 것이 있다. 당장 이 남자와 헤어져야 한다는 것이다. 기호학 교수니까 가장 쉽게 이해할 수 있는 신호를 보냈다. 토마 얼굴에 가운뎃손가락을 치켜세웠다.

오케이이이.

전혀 신데렐라와 어울리는 행동이 아니었다. 하지만 굳이 변명하자면 왕자가 전혀 매력적이지 않았다.

토마와 헤어진 건 전혀 아쉽지 않았다. 그와 헤어진 것도 순식간에 잊었다. 그리고 본래 목적, 피에르를 만나려고 대기실로 갔다. 피에르는 도미니크와 개인 대기실에 있었다. 단 일 초도 낭비하면 안 된다. 밖으로 쫓겨나기 전에 확실히 내 뜻을 전달해야 한다. 원하는 것을 얻으려면 위험을 감수해야 하는 법!

"무슈 카도. 에밀리예요. 사부아르에서 일하는 에밀리. 지난 번 미팅에서 선생님을 언짢게 해드린 일을 사과하러 왔어요. 선생님 말씀이 맞아요. 선생님 말씀처럼, 저는 싸구려 취향을 갖고 있는 촌스러운 시골뜨기예요. 제가 왜 행운의 마스코트를 갖고 다니는지 아세요? 한때, 저와 제 친구들은 가십걸에 푹 빠졌었죠. 훌륭한 디자이너가 만든 명품옷을 입고 있는 세레나 밴더 우드슨*처럼 되고 싶었죠. 하지만 우리가 세레나 옷장에 있는 것 중 살 수 있는 것은 하나뿐이었어요. 위네트카**몰에서 파는 행운의 마스코트요. 그 마스코트가 우리를 '링가르드'로 만든 것도 사실이에요."

도미니크가 나를 노려봤다.

"그만해요. 경비를 부르겠어요."

도미니크가 경비를 부르러 나간 후에도 나는 카도의 기분을 풀어주려고 계속 이야기했다. 경비가 내 드레스는 건드리지 않기를 바랄 뿐이다. 빌린 드레스이기 때문에 흠집 하나 없이 돌려줘야 한다.

말을 끝내고 피에르 카도의 반응을 살폈다. 여전히 나를 '링가르드'라고 생각하고 있을까? 아니면 다르게 대할까?

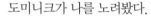

"댄이었다니 믿을 수가 없어."

피에르 카도의 반응이었다.

"네?"

나는 무슨 말인지 몰라 되물었다.

"가십걸에 나오잖아. 결말이 궁금해서 시리즈를 끝까지 봤어. 결국 댄이더라고."

* 가십걸 주인공 이름
** 시카고 북쪽에 있는 마을. 시카고에서 가장 부유한 마을 중 하나

댄은 가십걸에서 뉴욕 상류사회의 온갖 가십을 폭로하는 미스테리 블로거다. 하지만 그게 무슨 상관이지? 잠시 후, 경비가 나타나 대기실은 오직 브아이피를 위한 곳이라고 말했다.

어쩔 수 없다.

파티에 끝까지 남을 수 없었던 신데렐라처럼, 나는 이제 그곳에 있을 수 없다.

위험을 무릅쓰고 할 수 있는 것은 다 했다. 되든 안 되든 상관없다.

오늘 아침, 에이전시에서 기적이 일어날 것이라곤 생각도 못했다. 나는 여전히 접근금지고 실비는 나를 보려고 들지 않을 것이다. 그런데 커피를 내리고 있는데 실비가 다가왔다.

"어제 저녁에 결국 오페라 극장에 갔어요?"

내가 할 수 있는 대답이라고는 '으음'뿐이었다.

"방금 피에르 카도 사무실에서 전화가 왔어요. 작업실에 들렸으면 하더군요. 피에르가 '가십걸'이 꼭 와야 한다고 했다더군요. 그 말에 어울리는 사람은 당신뿐이죠."

나는 환호성을 지르며 그 자리에서 폴짝폴짝 뛰고 싶었다. 하지만 실비가 보고 있었기 때문에 침착하고 우아하게 '아, 그래요. 꽤 좋은 소식이네요'라는 태도를 취했다. 하지만 속으로는 '오마이갓, 오마이갓, 오마이갓!'을 수차례 외쳤다.

"아, 좋네요. 그렇지 않나요?"

"에밀리가 어떻게 했는지는 모르겠어요. 하지만 알고 싶지도 않아요. 그래도 패션은 조금씩 나아지고 있군요."

실비가 나의 체크 재킷과 빨간색 셔츠 그리고 청바지를 훑어보면서 말했다.

"그 말은 실비는 실비답게, 나는 나답게 하라는 거죠?"

내가 환하게 웃으며 말했다.

"시카고행 편도 비행기표를 끊으면 어때요?"

실비가 응수했다.

오케이이.

괜찮다.

실비가 발걸음을 돌리고 나서 나는 환호성을 지르고 기쁨의 춤을 췄다. 소리 없이 조용히. 실비가 돌아보는 순간, 그대로 멈췄다.

운동장에서 '얼음땡' 놀이를 하는 기분이었지만 나를 그렇게 만든 것은 실비다.

너무 쉬운 거 아니야?

피에르 카도와 계약하면서 내 일에 날개를 달았다. 이제부터 피에르에게 나를 신뢰할 만한 이유를 증명해야 한다.

다른 할 일은 가브리엘과 확실하게 선을 긋는 것이다. 확실하게.

간밤에 가브리엘 꿈을 꿨다. 그건, 절대 좋은 일이 아니다. 토마를 잊은 것처럼 까맣게 잊어야 한다. 정말 아무 의미없는 것처럼 생각해야 한다. 꿈은 잠재의식의 표현이다. 그리고 내 잠재의식은 내가 가브리엘에게 푹 빠졌다고 대놓고 알려주고 있다. 분명하게.

출근하는 길에 옷가게 창문 너머로 쇼핑하고 있는 실비를 봤다. 나는 반가워 손짓을 했지만, 실비는 인상을 찌푸렸다.

아주 당연하다! 실비가 나를 보고 미소를 지으면, 나는 불안해질 것이다. 실비가 양손에 쇼핑백을 가득 들고 나왔다. 그리고 함께, 아니 내가 뒤를 따라갔다.

"출근 전 간단한 쇼핑인가요?"

내가 경쾌한 목소리로 물었다.

"아, 네! 당신과 다르게 나는 쇼핑할 시간이 없어요. 다음 주에는 사무실에 없을 거니까요."

실비가 한숨을 지으며 말했다.

"출장인가요? 아니면 여자끼리의 여행? 아니면 다른 볼일이 있나요?"

"'네 양파나 챙기세요(occupez vous de vos oignons).' 여행이에요."

실비가 비꼬았다.

양파가 무슨 상관인지 몰라도 실비가 한 말의 의미는 이해했다. '네 할 일이나 하라'는 뜻이다.

 "확실히 실비는 휴가가 필요해요. 실비가 없는 동안 최선을 다하겠다고 맹세할게요. 오! 원하신다면 푸르티에가 주최하는 파티도 제가 맡을 수 있어요."

내가 말했다.

 "아니, 아니, 아니요. 부수적인 문제가 발생하지 않게 조심이나 해줘요."

실비가 거절했다.

 "파티에 초대된 스타는 미국 여배우예요. 파리에 있는 미국인을 활용하는 것도 좋지 않겠어요?"

은근슬쩍 나를 암시했다.

실비가 발걸음을 멈췄다.

"당신이 할 수 있다고 생각해요?"

"물론이죠!"

"네, 좋아요. 당신이 미국 여배우를 맡아요. 하지만 쓸데없는 질문으로 날 괴롭히지는 말아요. 당신에게 그 일을 맡긴 것은 내 시간과 에너지를 아끼기 위해서니까요."

예스스스!

하지만 실비가 너무 쉽게 승낙한 것 아닌가 하는 악마의 속삭임이 들렸다. 미국 배우, 브루클린 클라크가 200만 유로 상당의 시계를 차고 등장하는 파티를 기획하는 일에는 엄청난 책임감이 따른다. 실비가 그 일을 나에게 줌으로써 행복해하는 것 같았다.

하지만 그건 실비가 브루클린을 몰라서 그럴 것이다. 나는 그녀를 잘 안다. 그녀가 출연하는 모든 로맨틱 영화를 보면서 울었다. 브루클린의 연기는 정말 대단하다.

그녀를 만날 수 있다니 정말 엄청난 일이다!

이건 사기다!

브루클린은 영화와는 완전 딴판이었다. 지금까지 본 영화 티켓값을 모두 환불받고 싶다. 오늘 처음 그녀가 머무는 호텔에서 만났을 때 브루클린은 거의 발가벗은 상태로 허브차를 요구하며 나한테 말도 안 되는 '병거지'라는 별명을 붙였다. 하지만 내 모자는 무척 귀여웠다.

가브리엘의 식당에서 민디, 카미유와 저녁을 먹으며 브루클린과 있었던 일을 이야기했다.

나로서는 선택의 여지가 없었다. 내가 카미유의 초대를 거절하거나 다른 식당으로 가자고 하면 카미유가 질문을 퍼부었을 것이다. 오늘 저녁 만큼은 슈퍼 섹시 가이를 만나지 않길 바란다.

"브루클린 클라크는 아주 유명한 배우야. 파티시에가 결혼 케이크를 만들고 두 동성 커플은 그 케이크를 먹고, 그녀와 사랑에 빠진다는 내용의 영화에 출연했어."

내가 브루클린이 출연한 영화를 설명했다.

"아, 무슨 영화인지 알아! 형편없는 영화야."

카미유가 말했따.

"나는 울었어. 너무 슬펐어. 그녀는 누구를 선택할지 몰랐으니까."

민디가 끼어들었다. 나와 카미유는 민디의 말에 웃었다.

갑자기 내가 보지 않기로 결심한 가브리엘이 주방에서 나와 카미유 옆에 앉았다.

왜 그렇게 잘생긴 거야! 정말 멋지게 잘생겼어! 저렇게 잘생기면, 누가 저항할 수 있겠어!

피곤한 기색이 역력해도 잘생김은 어쩔 수가 없다.

"안녕!"

가브리엘이 인사했다.

가브리엘이 카미유에게 키스하는 것을 보면서, 나는 미소를 잃지 않으려고 애썼다. 하지만 마음이 아픈 것은 어쩔 수 없다.

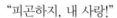

"피곤하지, 내 사랑!"

카미유가 가브리엘을 위로했다.

"응, 완전 녹초야. 무슨 이야기를 하고 있었어?"

나는 브루클린과 에이전시의 가장 중요한 고객인 푸르티에를 홍보하는 파티에 대해 이야기했다.

갑자기 좋은 생각이 났다. 나는 친구들을 바라봤다.

"모두 파티에 와! 아주 호화로운 파티가 될 거야. 손님 명단을 내가 작성하니까."

"오, 안 돼. 나는 갈 수 없어. 이번 주말은 프로방스에서 일해야 해."

민디가 아쉬워했다.

"나는 중요한 문제로 수집가를 만나러 브뤼셀에 가야 해. 가브리엘은 괜찮을 거야, 안 그래? 가도 되잖아, 내 사랑."

카미유가 연인을 향해 고개를 돌렸다.

안 돼, 안 돼, 안 돼! 슈퍼 섹시 가이와 단 둘이 가는 것은 거절이다. 무조건 단 둘은 안 된다. 그의 여자 친구 없이 단 둘이 가는 것은 절대 사절이다. 오래된 카망베르보다 훨씬 더 고약한 냄새가 난다.

"굳이 안 가도 돼요."

내가 어영부영 말했다.

"괜찮아요. 갈게요. 재밌을 것 같아요."

재밌을 거라고? 누구에게? 카미유는 내가 말할 기회를 주지 않
았다.

"아, 축하할 일이 있어. 내가 친구들에게 좋은 소식을 알려도 돼?"

카미유가 가브리엘의 눈을 바라보며 물었다.

"특별히 할 이야기 없는데……."

한눈에 봐도 가브리엘은 당황한 듯했다.

뭔데? 결혼? 카미유가…… 임신?

"레스토랑 사장님이 드디어 가브리엘에게 식당을 넘기기로 했어.
마침내 가브리엘이 하고 싶은 것을 맘껏 할 수 있게 됐어."

카미유가 활짝 웃으며 말했다.

민디와 나는 축하의 함성을 질렀다. 하지만 가브리엘은 전혀 기쁜 것 같지 않았다.

"응, 내가 레스토랑 매매 대금을 지불할 수 없는 것만 빼고 말이지. 나는 계약금조차 없어."

가브리엘이 반대했다.

"엄마, 아빠가 필요한 돈을 빌려주겠다고 했어. 자기가 창업할 수 있게 도와주겠다고."

카미유가 말했다.

가브리엘이 종잡을 수 없는 표정을 지으며 주방으로 갔다. 그는 카미유의 부모님에게 돈을 빌리는 것이 영 내키지 않는 것 같았다.

카도는 없어

그날 이후, 나는 푸르티에 파티가 성공적으로 마무리될 수 있도록 열심히 일했다. 일이라고 해봤자 브루클린을 돌보는 것이다.

오늘 오후, 브루클린이 파티에서 입을 드레스를 고르려고 피에르 카도 매장에 갔다. 브루클린은 세련된 절개선이 들어간 미니 드레스를 골랐다. 그리고 서둘러 도미니크와 같이 탈의실로 들어갔다. 나는 그 사이 옷걸이에 걸린 다른 드레스들을 감상했다. 내가 살 수 있는 드레스가 아니어서 아쉬웠다. 나도 영화배우가 되었어야 했나…….

구리빛 피부의 젊은 남자가 들어왔다.

"브루클린 클라크? 마티외 카도예요. 만나서 반가워요. 영화에서 만큼 아름답군요."

남자가 나를 브루클린으로 착각하고 악수를 청했다.

아, 스타란 이런 것인가? 사탕발림이 이렇게 달콤하다니? 정말 좋아!

"진짜요? 가장 좋아하는 영화가 뭐예요?"

내가 장난을 쳤다.

"어, 음…… 그게, 뷰티 러브? 제 생각에 그게……."

"시도는 좋았어요!"

내가 대답했다.

"브루클린 클라크가 아니군요!"

그제야 그가 깨달았다.

"에밀리 쿠퍼에요. 피에르 카도와 계약한 홍보대행사, 사부아르에서 일해요."

그의 얼굴에서 미소가 사라졌다.

"삼촌이 살짝 서두르셨네요. 삼촌은 그런 큰 결정을 하지 않아요."

"하지만 문에는 삼촌의 이름이 적혀 있어요. 그럼 누가 결정하죠?"

"내가 해요. 사업은 내가 책임자예요. 그리고 내가 아는 한 사부아르와 어떤 계약도 하지 않았어요."

오케이이.

나는 브루클린이 셀린느에 가려고 한 것을 피에르 카도 드레스를 입어야 한다고 설득했다고 말했다.

작은 거짓말이 해를 끼치지는 않잖아?

마티외는 한 달간 임시 계약을 맺겠다고 했다. 단, 저속하거나 식상한 것은 안 된다고 경고했다.

그리고 브루클린이 피에르 카도 의상 중 한 벌을 입고 찍은 사진을 포스팅해야 한다고도 말했다.

나는 그가 원하는 대로 약속하고 그 이상을 해주겠다고 했다. 약속을 했으면 반드시 지켜야 한다.

브루클린이 피에르 카도 드레스를 입어야 할 텐데…….

결혼한 남자의 애인이 되기

파티는 카메라 플래시 세례 속에서 시작됐다. 피에르 카도 드레스를 입은 브루클린은 무척 아름다웠다. 푸르티에의 200만 유로짜리 시계는 그녀의 손목을 더욱더 돋보이게 했다. 손님들은 모두 우아했고 '20세기 유원지' 분위기로 꾸민 홀은 숭고했다. 파티 분위기는 호의적이었다. 그리고 녹색 에메랄드빛 드레스를 입은 실비도 같은 생각인 듯했다. 오늘밤도 실비는 무척 아름다웠다. 빛이 났다. 앙투안과 상바르텔미에서 보내게 될 휴가 때문일까? 그 비밀을 알려준 사람은 가십의 제왕, 쥘리앵이었다.

"브루클린이 피에르 카도 드레스를 입은 거예요?"

실비가 미소를 지으며 물었다.

"네, 내 아이디어예요. SNS에서 두 브랜드를 교차 홍보하는 거죠." 내가 말했다.

하이파이브를 하려고 손을 들었다. 실비는 마주쳐주지 않았다. 하지만 실비가 미소를 지었다.

나는 시계 보험증서에 서명했다. 그때 앙투안이 아내 카트린과 함께 등장했다. 올라라! 실비는 전혀 예상하지 못하고 있을 것이다.

나는 서둘러 실비를 만나러 갔다. 실비는 현관을 등진 채 손님들과
이야기를 나누고 있었다.

"앙투안이 왔어요. 그런데 카트린이 같이 왔어요."

나지막한 목소리로 실비에게 속삭였다.

"네, 두 사람 다 손님 명단에 있었어요. 무슨 문제라도 있어요?
내가 엉뚱한 질문으로 귀찮게 하지 말라고 했잖아요. 당신 일이나
해요, 에밀리. 그게 다예요."

실비가 차갑게 말했다.

나는 단지 친절하려던 것뿐이다!

나는 실비 말에 순종하기로 했기 때문에 브루클린이 해야 할 연
설을 준비하러 갔다. 그 순간 가브리엘이 나타났다.

"오늘 밤 파티에서 제일 섹시한 남자가 우리쪽으로 다가오고 있
어. 내 가슴 어때?"

브루클린이 나에게 물었다.

"음, 단단하고 예뻐요."

나는 어리둥절한 표정으로 대답했다.

"가브리엘, 브루클린 클라크를 소개할게요."

"만나서 반가워요."

가브리엘이 그녀에게 인사했다.

"너무 이른 것 아니에요, 자기?"

브루클린이 아양을 떨었다.

그건 예의상 하는 말이라고!

나는 브루클린이 연설에 집중하길 바랐지만, 나를 '언론에 집착
하는 바보' 취급하면서 연설 내용은 전혀 신경쓰지 않았다. 내가 파

티를 맡겠다고 했을 때, 왜 실비가 아무런 불만 없이 넘겨줬는지 이제 확실하게 이해됐다.

하지만 파티는 순탄하게 진행됐다. 손님들은 파티를 만끽했다. 가브리엘과 같이 있던 나는 앙투안이 우리쪽으로 오는 것을 봤다.

"내 허리를 감싸요."

가브리엘에게 속삭였다.

모두 나와 가브리엘이 함께란 것을 믿을 것이다. 특히 앙투안과 실비가 두 눈으로 확인할 것이다. 두 번 다시 란제리 선물을 받고 싶지 않다. 그리고 실비의 터무니없는 질투도 받고 싶지 않았다. 가브리엘이 팔로 내 허리를 감싸니 기분은 나쁘지 않았다. 살짝 가브 리엘에게 몸을 기댔다. 다른 뜻이 있었던 것은 아니다. 단지 연극에서 내 역할을 제대로 하려는 것뿐이다.

"정말 아름답군요!"

앙투안이 내 볼에 비주를 하며 칭찬했다.

"고마워요. 가브리엘 기억하시죠?"

앙투안에게 감사 인사를 하며 가브리엘을 소개했다.

"물론이죠. 레스토랑 셰프시죠. 아주 멋진 추억을 만들어줬죠."

실비가 카트린과 함께 우리 쪽으로 왔다. 두 사람은 푸르티에 시계 할인가에 대해 이야기를 나누고 있었다. 카트린이 남편에게 시계를 선물하고 싶어했다.

"로즈 골드 어떻게 생각해요? 당신 피부색과 잘 어울려요."

실비가 앙투안에게 묻더니 카트린에게 말했다.

"정말 멋진 시계야. 앙투안에게 꼭 사줘."

갑자기 너무 불편했다. 나는 실비가 그런 연극을 하는 것이 전혀 이해되지 않았다. 내가 참을 수 있는 한계를 넘었다.

실비가 앙투안에게 갖고 있는 감정을 알지만 어떻게 아무렇지 않게 거짓말을 할 수 있지?

나는 절대 그런 복잡한 관계를 맺으며 살 수 없을 것이다.

"오, 가브리엘 셰프님! 당신은 절대 잊을 수 없죠."

실비가 가브리엘을 보며 말했다.

"모두 함께 식사했어요?"

카트린이 놀란 목소리로 물었다.

"응, 고객을 모시고 함께 식사했어. 가브리엘 셰프가 해준 송아지 타르타르 덕에 계약이 성사됐지."

앙투안이 설명했다.

그리고 앙투안과 실비도 화해했다. 당연히 앙투안의 입에서 그 말은 나오지 않았다.

"아하, 가능한 빨리 당신 레스토랑에 저녁을 먹으러 가야겠군요. 휴가 끝나고 가면 어때?"

카트린이 남편에게 시선을 돌리며 물었다.

"휴가라고, 카트린?"

앙투안이 당황한 표정으로 물었다.

카트린이 남편 팔짱을 꼈다.

"앙투안은 비밀을 지키는 데 선수죠. 하지만 그의 어시스턴트가 실수로 예약 메일을 나에게 보냈어요. 다음 주 상바르텔미로 떠나는 예약 메일이요."

나는 당혹스러움과 함께 실비를 향한 동정심마저 들었다. 실비는 애써 실망한 표정을 감추고 있었지만 연인과 떠나는 휴가가 순식간에 사라지는 것은 막을 수 없었다.

햇빛이 반짝이는 해변에서 앙투안과 휴가를 즐기며 선탠을 할 사람은 실비가 아니라 카트린이다.

도망친 시계!

'상바르텔미 휴가' 사건만 빼고 파티는 엄청난 성공이었다. 파티 장을 나오면서, 택시를 기다리고 있는 실비를 봤다. 실비는 당황한 기색이 역력했다. 엄청나게 실망했을 것이다.

"괜찮으세요?"

내가 물었다.

"네, 괜찮아요. 고마워요, 에밀리."

실비가 대답했다.

하지만 실비의 쓸쓸하고 화난 눈은 전혀 괜찮지 않다고 말하고 있었다. 실비는 앙투안을 진심으로 사랑하고 있었다.

"그 여행이 중요했다는 거 알아요. 유감이에요."

실비에게 말했다.

"당신은 아무것도 몰라요."

실비가 택시를 타기 전에 쌀쌀하게 말했다.

오케이이이.

그때 브루클린이 탄 자동차가 휙 하고 내 앞을 지나갔다.

"안녕, 벙거지!"

그녀가 열린 창문을 통해 내게 인사했다.

안 돼, 나를 두고 가다니!

도저히 믿을 수 없다. 그 순간 가브리엘이 내게 다가왔다.

"방금 정신 나간 영화배우가 나를 두고 떠나는 것을 그냥 보고만 있었어요. 200만 유로짜리 시계를 차고 그냥 가버렸어요. 나는 일자리를 잃을 거예요. 벙거지라도 쓰고 있었으면 거기다 토했을 텐데!"

가브리엘에게 말했다.

"왜 운전기사에게 전화하지 않아요?"

가브리엘이 물었다.

대단해! 운전기사가 준 정보 덕분에 우리는 쿵쿵거리는 음악과 사람들로 북적이는 바에서 브루클린을 찾을 수 있었다. 그녀가 한 잔 사겠다며 우리를 초대하고 함께 춤을 췄다.

드디어 처음으로 가브리엘 앞에서 춤을 췄다. 브루클린은 완전히 풀어졌다. 그녀가 약간 이상했다. 평소보다 훨씬 더 이상했다. 제정신이 아닌 것 같았다.

"괜찮아요?"

내가 걱정하며 물었다.

"아, 그럼. 기분 풀려고 약을 먹어서 그래. 보다시피 나 편해. 출발!"

사방으로 비틀대더니 그녀가 화장실로 사라졌다. 어떻게든 해야 했다. 하지만 나는 마신 술 때문인지 몸이 나른했다. 얼마나 나른하고 기분이 좋은지, 가브리엘에게 키스했다. 오랫동안. 아주 아주 오래 오래. 좋다, 너무 좋다.

갑자기 머릿속에서 경보음이 울렸다. 카미유의 이름이 빨간색으로 커다랗게 깜박이기 시작했다. 빨리 가야 한다!

내 기분과 반대로 가브리엘에게 입술을 뗐다.

"브루클린에게 문자를 보내야 해요. 여기 있는 것은 너무 위험해요."

브루클린에게 위험한 걸까 아니면 나한테 위험한 걸까? 휴대전화를 꺼내자 푸르티에 책임자한테서 부재중 전화가 여러 통 와 있었다. 원래 파티가 끝남과 동시에 그가 시계를 회수하기로 돼 있었다. 올라라라, 올라라라!

나는 브루클린을 찾으러 화장실로 갔지만, 그녀는 이미 사라진 뒤였다. 바 어디에도 브루클린은 없었다.

200만 유로 시계가 또 사라진 것이다!

신데렐라 신드롬

할 수 있는 일이라곤 호텔로 돌아가 브루클린이 돌아오길 기다리는 것뿐이었다. 택시를 호출했지만 영원히 올 것 같지 않았다. 그 순간, 나의 왕자님이 멋진 해결책을 제시했다. 그의 자랑스러운 애마인 스쿠터를 타고 가자고 했다.

둘이 스쿠터를 타고 어둠이 내린 파리를 달렸다. 빛의 도시 파리가 평소보다 더 아름답게 보였다. 아마도 가브리엘 뒤에 앉아 그의 허리를 안고 있기 때문일 것이다. 살며시 그의 등에 머리를 기댔다. 브루클린도 프루티에 시계도 카미유도 모두 잊었다. 그것이 옳지 않다는 것을 알지만 나는 하지도 않은 일로 고통받고 있었다. 도저히 저항할 수 없었다. 만약 요정이 있다면 이 순간이 영원하게 해달라고 부탁하고 싶었다.

호텔에 도착했다. 브루클린은 호텔에 없었다. 확인하지는 못했다. 프런트 직원이 그렇게 말했다. 나는 브루클린을 만나야 한다고 했지만 황소 고집인 프런트 직원이 우리를 막았다.

아무리 설득해도 꿈쩍도 하지 않았다. 프런트 직원을 보니 꽃가게 주인 클로데트가 떠올랐다.

가브리엘이 바에 가서 기다리자고 했다.

"에밀리 탓이 아니에요. 한잔하면서 브루클린을 기다리면 돼요. 브루클린은 작정하고 에밀리를 속였어요. 여기서 그녀가 올 때까지 기다리면 돼요. 잘 해결될 거예요. 걱정 말아요."

가브리엘이 나를 위로했다.

"나는 일에서 실수하는 사람이 아니에요. 일이 잘되도록 늘 노력하는 사람이에요. 하지만 오늘 밤 잘못된 선택을 했어요."

시계든 가브리엘이든 모두 내 선택이다. 가브리엘을 오늘 파티에 초대하는 게 아니었다. 그에게 키스해서도 안 되는 거였다. 그의 옆자리에 앉아서도, 그의 눈을 바라봐서도 안 되는 거였다.

"에밀리 혼자 한 게 아니에요."

가브리엘이 말했다.

"그럴지도요. 하지만 내일 해고당하는 사람은 나 혼자일 거예요. 나 혼자 힘들고 괴로울 거예요."

"해고당한다고 해서 세상이 끝나는 건 아니에요. 안식년을 취한다고 생각해요. 세계를 여행하고 사랑을 하고……."

그가 나를 위로했다.

사랑하려고 굳이 세계 여행까지 갈 필요는 없을 것이다. 지금 내 앞에 있는 남자의 눈을 바라보면 된다.

"오케이. 대신 평생 당신 식당에서 공짜밥을 먹을 거예요."

"나는 평생 내 레스토랑을 갖지 못할 거예요."

"카미유 부모님의 도움을 받으면 되잖아요."

내가 엄청 불경한 말이라도 한 듯 가브리엘이 나를 쳐다봤다. 가브리엘이 왜 그렇게 민감하게 반응하는지 이해가 되지 않았다. 그냥 받는 것이 아니라 빌리는 것이다. 꿈을 이루기 위해 돈을 빌릴 수도 있는 것 아닌가?

"그 돈을 받으면 나는 카미유 부모님에게 묶이게 돼요. 나는 누구의 구속도 받고 싶지 않아요. 물론 내 식당을 평생 가질 수 없을지도 몰라요. 그렇다고 해도 그 돈만은 절대 사양이에요."

가브리엘이 분명하게 말했다.

그 순간, 실비한테서 전화가 왔다.

"에밀리, 왜 푸르티에 사람들이 새벽 2시에 전화를 걸어 브루클린 클라크와 200만 유로짜리 시계의 행방을 묻는 거죠?"

"제가 지금 처리하고 있어요."

나는 서둘러 변명을 했다.

"그렇게 구석에 앉아서요?"

실비가 어처구니 없다는 듯 물었다.

그 말에 놀라 주위를 둘러봤다.

안 돼. 실비가 호텔에 나타났다!

나는 그동안 무슨 일이 있었는지 실비에게 솔직하게 털어놨다. 실비가 곧장 프런트 직원에게 다가갔다.

"우리는 방으로 올라갈 거예요. 누구 방인지 알죠?"

실비가 단호하게 말했다.

"나도 당신들을 돕고 싶지만 그럴 수 없어요. 당신 동료에게 이미 말했다시피 우리는 고객의 사생활을……."

프런트 직원이 해명하려고 했지만 실비가 재까닥 말을 끊었다.

"나도 알아요. 만약 브루클린 클라크가 죽어가고 있다면요? 1400만 명의 팔로워가 있고 세계적으로 유명한 미국 배우가 이 호텔에서 죽었다는 기사가 나오면, 호텔은 어떻게 되겠어요?"

실비의 말도 효과가 없다. 정말 우리 동네 꽃가게 주인만큼이나 융통성 없고 고집불통이다.

"과장이 심하시네요."

"과장이 심할 수도 있지만 내 말이 맞으면요? 호텔 이미지가 엉망이 되고, 당신 이미지도 똑같이 망가질 거예요. 당신 일이 그렇게 중요해요? 이 일로 평생 죄책감에 시달리며 살 거예요?"

이겼다!

프런트 직원이 깊게 한숨을 쉬었다. 드디어 실비의 말이 효과를 발휘하기 시작했다. 스위트룸에 도착하자 실비가 프런트 직원 손에서 카드를 낚아채고는 노크도 없이 바로 문을 열었다. 브루클린은 바에서 만난 남자와 침대에 누워 있었다.

"그렇게 막무가내로 방에 들어오면 어떻게 해요! 당장 변호사에게 전화할 거예요."

브루클린이 불같이 화를 냈다.

실비는 전혀 개의치 않고 침대 탁자에 놓인 시계를 집어 들었다.

"돌려주러 갈 생각이었어요."

궁지에 몰린 브루클린이 해명했다.

그때 바닥에 재밌는 광경이 펼쳐져 있는 게 눈에 들어왔다. 담배 꽁초가 가득한 재떨이, 벗어 던진 드레스, 향수병, 술병, 빈 유리잔, 아름다운 황금빛 샌들까지. 마치 하나의 예술 작품 같았다. 피에르 카도 브랜드 홍보에 어울리는 아주 훌륭한 사진이 될 것 같았다. 사진은 대담하고 현대적이고 세련됐다.

"내 가슴은 포스팅하면 안 돼요!"

브루클린이 명령하듯 말했다.

왜 그렇게 가슴에 집착하는 거야?

"가슴은 신경 안 써요."

"이 벙거지가!"

그녀가 버럭 소리쳤다.

나는 더욱더 큰소리로 외쳤다.

"두 번 다시 나를 그렇게 부르지 마!"

확실히 브루클린은 영화관에서 보는 쪽이 훨씬 낫다. 나, 벙거지
는 브루클린 때문에 무척 피곤하다.

신데렐라는 왕자님을 나누지 않는다

1층으로 내려가는 엘리베이터 안에서 나는 존경스러운 눈으로 실비를 바라봤다. 그녀가 프런트 직원을 대하는 방식이 무척 마음에 들었다. 내가 꼿꼿하게 클로데트를 그렇게 대하면 나에게 가장 아름다운 장미 꽃다발을 줄 것이다.

"실비, 정말 대단해요. 아무도 옴짝달싹 못 하게 만들어버렸어요. 정말 멋졌어요.!"

"기분 전환이 필요했어요."

실비는 상바르텔미 휴가가 틀어져 괴로웠던 것이 분명하다.

나는 실비를 바라봤다. 다른 사람을 만날 수도 있는데 왜 앙투안을 만나는지 묻고 싶었다. 실비는 똑똑하고 아름답고 강한 사람이다. 반이 아니라 전부를 가질 수 있다.

그런데 왜? 왜 그런 선택을 해서 이런 아픔을 겪을까?

"실비는 그 사람과 행복해요?"

내가 물었다.

"네, 행복해요. 에밀리는 모든 커플은 함께해야 한다고 믿는 거예요?"

그녀가 물으며 내 표정을 살폈다.

"당신은 더 많은 것을 가질 수 있다고 생각해요. 반이 아닌 전부를요."

내가 말하자 실비가 다정하게 손가락으로 내 머리를 쓸어넘겼다.

"사랑에 해피엔딩이 있다고 생각해요? 용감한 기사가 나타나 당신을 구하고 결혼할 것이라고 믿어요?"

실비가 말하는데 호텔 입구에서 가브리엘이 스쿠터를 타고 기다리고 있었다.

"아하, 당신이 왜 그런 생각을 했는지 알겠어요."

실비가 택시를 타기 전에 말했다.

하지만 가브리엘은 나의 용감한 기사가 아니다. 게다가 나의 왕자님도 아니다. 그는 다른 사람, 카미유의 왕자님이다. 어떤 동화에서도 공주는 자신이 사랑하는 남자를 다른 사람과 공유하지 않는다.

나는 끝나가는 파티에 남은 신데렐라 같은 기분이다. 꿈이 사라지고 잔인한 현실이 돌아왔다.

"집까지 안전하게 데려다줄게요. 배고프면 몽마르트에 크레이프를 먹으러 가요. 몽마르트는 파리에서 가장 아름다운 일출을 감상할 수 있는 곳이에요. 물론 에밀리가 원한다면요."

가브리엘이 말했다.

내가 원하면?

"당연히 원하죠! 하지만 그보다 더 큰 것을 원해요. 내 크레이프를 다른 사람과 나눠 먹고 싶지 않아요. 혼자 내 몫의 크레이프를 다 먹고 싶어요. 더 이상 서로 만나지 않는 것이 좋겠어요."

나는 절대 실비처럼 할 수 없다. 다른 사람이 남겨준 크레이프 부스러기에 만족할 수 없다.

신데렐라가 최고로 섹시한 왕자님을 영원히 포기했다.

카미유는 모든 것을 알고 있다

파티는 좋은 것, 나쁜 것 두 가지 결과를 가져왔다.

우선, 드레스 사진은 많은 인스타 유저와 마티외를 즐겁게 했다. 사진은 기대만큼 효과를 발휘했다. 브랜드의 명성을 훼손하지 않고 약간 노후한 느낌의 이미지를 없애는 효과를 거뒀다. 좋은 소식이다.

나쁜 소식은 카미유가 나와 이야기하고 싶어 한다는 것이다. 파티 후, 나는 가브리엘과 카미유를 만나지 않으려고 엄청 피해 다니고 있다. 두 사람이 나오는 소리가 들리면 문 앞에 서 있다가 두 사람이 완전히 밖으로 나간 것을 확인한 다음에 밖으로 나왔다.

카미유가 키스에 대해 알고 있을지도 모른다. 첫 번째 키스는 용서받을 수 있다. 가브리엘이 카미유와 사귀는 것을 몰랐기 때문이다. 하지만 두 번째 키스는? 두 번째는 전혀 용서받을 수 없다. 가브리엘과 단 둘이 있으면 내 뇌가 완전히 기능을 상실해 도저히 통제할 수 없는 상태가 된다. 더 이상 가브리엘의 눈도, 입술도 보지 않을 것이다.

정신 차리게 찬물로 샤워해야겠다.

민디는 내가 카미유와 점심을 먹는다는 것을 듣고, 싸울 수도 있
으니 칼을 사용하는 식당은 가급적 피하라고 조언했다. 그냥 연기
처럼 파리에서 사라지는 편이 나을지도 모르겠다.

　　나는 민디의 현명한 충고를 받아들여 숟가락과 젓가락을 사용하
는 일식당에서 카미유를 만났다.

　　"너한테 물어볼 것이 있어. 아주 이상하고 불편할 수 있는 질문이
야. 사실, 가브리엘과 이야기했는데……."

　　카미유가 무척 당혹스러운 표정으로 입을 열었다.

　　아, 안 돼! 안 돼! 안 돼!

　　카미유가 어떻게 눈치챘을까?

　　카미유는 모든 것을 알고 있다. 내가 자신의 남자 친구 가브리엘
에게 한 번도 아니고 두 번씩이나 키스한 것을 알고 있다. 처음 가

브리엘을 만났을 때로 돌아가 다시 시작하고 싶다. 원점으로 돌아
가고 싶다.

　　"가브리엘이 뭐라고 했어?"

　　"가브리엘은 너랑 이야기하는 것을 원치 않았어."

　　카미유가 말했다.

　　"그럼 가브리엘 말대로 하는 편이 낫지 않아?"

　　응, 바로 그거야!

　　나랑 가브리엘은 아무 일도 없었다. 우리 둘 사이의 강렬한 키스
는 아예 존재조차 없다. 뻔뻔하게 전혀 그런 적 없는 것처럼 행동하
는 거다.

　　카미유가 진지하게 나를 바라봤다.

　　"나는 솔직하고 싶어."

뭐라고?

카미유는 내가 가브리엘에게 푹 빠졌다고 고백하길 바라는 거야? 가브리엘이 자석처럼 나를 끌어당긴다고? 나는 아주 못된 친구라, 그녀가 없는 자리에서 가브리엘에게 거리낌 없이 키스한다고 고백하라고?

어쨌든 그것은 사실이다.

재판도 필요없다. 이 모든 범죄에 관해서 나는 유죄다!

"말해봐, 카미유. 네가 하고 싶은 말 다 해도 괜찮아. 듣고만 있을게."

"만약 우리 집안의 샴페인인 들라리스를 마케팅해달라고 부탁하면 사부아르 에이전시가 받아줄 것 같아?"

카미유가 물었다.

그 말을 듣고 얼마나 마음이 놓이던지, 하마터면 의자와 함께 뒤로 나자빠질 뻔했다.

그게 카미유가 나한테 하고 싶었던 말이야?

"사부아르에서 맡고 있는 모든 명품 고객에 비하면 우리 들라리스 샴페인은 아주 보잘 것 없다는 것 잘 알아."

카미유가 하는 말을 듣고 흥분해서 대답했다.

"오마이갓! 예스! 그래, 물론이지! 우리가 홍보할 수 있어!"

"좋았어."

카미유가 기뻐하며 긴장했던 표정을 누그러뜨렸다.

카미유는 자신과 오빠가 샴페인을 알리려면 에이전시를 통해 홍보해야 한다고 힘겹게 엄마를 설득했다고 했다.

"엄마가 허락했지만 무척 조심스러워해서, 내 생각에 우리는 친구니까⋯⋯."

카미유가 조심스럽게 다시 입을 열었다.

"응, 정말이야. 정말이고 말고. 정말, 우리는 친구잖아."

친구라는 말에 재빨리 카미유의 말을 받았다.

그런데 지나치게 친구를 강조한 것은 아닐까?

다행히 카미유는 그 점을 알아채지 못한 눈치다.

"좋아, 이번 주말에 나와 같이 우리 집에 가자. 너를 만나면 엄마의 생각이 바뀔지도 몰라. 차는 내가 운전할 거야."

카미유가 나를 가족 성으로 초대했다.

"가브리엘은 같이 안 가?"

"응 가브리엘은 주말에 일이 있어. 가브리엘은 내가 엄마에게 돈을 빌려달라고 했던 일 때문에 아직도 화가 나 있어. 엄마가 빌려주겠다는 돈을 단칼에 거절했어. 정말 고집불통이야."

나는 가브리엘을 이해했다. 그는 자신의 꿈을 스스로 이루고 싶어 한다.

안 돼. 더 이상 가브리엘 생각은 안 돼, 앞으로도 영원히!

이번 주말, 나는 프랑스 성에 간다.

닥터 실비의 진단

오후에 긴급회의를 소집했다.

실비가 들라리스 샴페인의 홍보를 맡도록 설득해야 한다. 나는 들라리스 샴페인을 언급하면서 실비의 표정을 살폈다. 좀처럼 종잡을 수 없는 표정이었다.

"한 번도 들어본 적 없어요. 홍보에 필요한 비용을 지불할 정도는 되는 거예요? 작년 매출이 어떻게 되죠?"

실비가 물었다.

"아직 몰라요."

나는 솔직하게 대답했다.

"샴페인 시장은 경쟁이 아주 치열해요. 들라리스 샴페인의 특징은 뭔가요?"

뤼크가 물었다.

"으음…… 아직 아는 것이 없어요."

나는 쭈뼛쭈뼛 대답했다.

실비가 손에 들고 있는 종이를 내려놓았다.

카미유가 이 일을 부탁했을 때 나는 아무 생각도 하지 않았다.

내가 떠올린 것은 '와우, 카미유는 내가 가브리엘에게 키스한 것을 모르고 있어!'뿐이었다.

게다가 카미유는 엄청 다정하고 친절하다. 도저히 그녀의 부탁을 거절할 수 없었다.

하지만 결과적으로 나는 전혀 프로답지 못했다.

카미유에게 들라리스에 대해 질문해야 했고 도멘에 대해 좀 더 많은 자료를 요구해야 했다.

"그렇다면 그 샴페인에 대해 아는 것이 뭐예요?"

실비가 질문했다.

"도멘은 제 친구 부모님 소유인데 친구가 사부아르에서 샴페인을 홍보해주길 바라요."

쥘리앵이 엄청 놀란 듯 두 눈을 깜박였다.

"샹파뉴 출신을 에밀리가 어떻게 알아요?"

"카미유는 내 친구이면서 내 이웃인 가브리엘의 여자 친구예요."

"오우! 푸르티에 파티 후에 함께 돌아간 그 남자요?"

실비가 물었다.

실비가 무슨 생각을 하는 거지? 내가 가브리엘과 자고 이젠 그의 약혼녀를 도와주려 한다고 믿나? 혹시 양심의 가책을 느끼라고 묻는 건가?

"집에 함께 가지 않았어요."

내가 확실하게 선을 그었다.

"랜디와 저녁 식사한 레스토랑 셰프예요."

실비가 뤼크에게 말했다.

"아하, 에밀리의 남자 친구, 그렇군요!"

뤼크가 즉각 반응했다.

"아니에요. 에밀리 혼자 푹 빠져 있어요."

쥘리앵이 덧붙였다.

내 연애사 이야기는 그만하면 안 되나?

어쨌건 내 사생활이다.

"가브리엘의 여자 친구 가족을 만나러 가려고요?"

실비가 추론했다.

"나는 잠재적 고객을 만나러 가는 것뿐이에요."

내가 바로잡았다. 하지만 세 사람 모두 내 말을 믿는 것 같지 않
다. 아쉽지만 회사에서 별 관심을 보이지 않는다고 카미유에게 말
할 수는 있게 됐다.

"그렇다면 당신의 업무는 당신 성관계에 달려 있는 거네요?"

이 얘기가 아직도 안 끝났어?

"우리 섹스 안 했어요!"

내가 소리를 질렀다. 세 사람이 놀란 토끼눈으로 일제히 나를 바
라봤다.

"아무래도 좀 해야 할 것 같군요. 당신 상태가 점점 나빠지고 있
잖아요."

진단 고마워요, 닥터 실비.

마비된 엉덩이

눈 깜빡할 사이에 주말이 됐다. 얼른 카미유 집안의 성을 방문하고 그녀 가족을 만나고 싶다. 아주 신나고 재밌을 것이다.

카미유가 건물 앞에서 기다리고 있었다. 카미유의 차는 앞좌석만 있는 옛날 스타일의 작은 빨간색 컨버터블이다.

"너희가 끼어 앉아야 해."

카미유가 미안한 표정을 지었다.

너희라니, 누구?

가브리엘이 나타나는 순간 내 기분은 수플레처럼 푹 꺼졌다.

내가 저주에 걸린 것이 틀림없어!

"가브리엘이 주말에 쉬기로 했어."

카미유가 조금 들뜬 표정으로 말했다.

카미유가 나를 초대한 것은 주말이다.

나는 가브리엘이 일부러 그런 것은 아닌지 의심했다. 하지만 이번 만큼은 절대 유혹에 빠지지 않을 것이다. 그의 치명적인 매력과 타오르는 듯한 두 눈과…… 미소를 돌 보듯 할 것이다.

완전히 돌 보듯!

"안녕! 오랫만이에요."

가브리엘이 말했다.

당연하지. 내가 숨박꼭질은 아주 잘하거든.

"자, 타!"

카미유가 말했다.

나는 차를 타고 가는 내내 가브리엘의 무릎에 걸치듯 앉아 거의 움직이지 못했다. 어찌나 다리에 힘을 줬는지 거의 피가 통하지 않았다. 내 엉덩이는 딱딱한 돌처럼 굳어버렸다.

하지만 그렇게 감각이 없는 편이 나았다.

내 엉덩이는 돌이 돼버렸다.

나처럼.

카미유 부모님의 집에 도착해 자동차가 멈추자 나는 재빨리 내렸
다. 가브리엘의 달콤한 향수도 그의 튼튼한 근육도 단 한 순간도 더
느끼고 싶지 않았다.

고문에도 한계가 있는 법이다!

"내가 미리 알아둬야 할 것이 있어? 왜 전에는 에이전시를 쓰지 않은 거야?"

내가 카미유에게 물었다.

"카미유의 엄마는 외부 사람을 극도로 싫어해요."

가브리엘이 대신 대답했다.

"그만해, 가브리엘. 그건 사실이 아니야."

카미유는 가브리엘에게 답하고 나서 나를 보고 말했다.

"조금 후에 알게 되겠지만, 우리 엄마는 너를 무척 좋아할 거야.

우리 오빠도 좋아할 거고, 확실해. 우리 오빠는 곧 경영대학원을 졸업해. 엄마는 언젠가 오빠가 가업을 잇길 바라고 있어. 오빠도 곧 도착해."

"아, 그래. 홍보 건에 대해 엄마에게 허락은 받은 거야?"

가브리엘이 신경질적으로 트렁크에서 가방을 꺼내며 물었다.

"물론이야. 엄마는 자기의 레스토랑에 투자하려고 했어. 하지만 자기가 단칼에 거절했지. 그리고 부탁인데 제발 우리 엄마를 존중해줘."

뭔가 다른 민감한 문제가 있는 것 같다. 가브리엘이 왜 그렇게 긴장하는지 궁금했다.

단지 돈 문제는 아닌 것 같았다.

카미유의 부모님이 살고 있는 성은 내가 상상한 것보다 훨씬 대단하고 놀라웠다. 안으로 들어가 내부를 보는 순간 입이 딱 벌어졌다. 마치 시간 여행을 하는 기분이었다. 행복함이 밀려들었다. 카미유의 엄마인 루이즈가 우리를 반겼다.

"당신이 에밀리지요?"

루이즈가 나에게 악수한 후 가브리엘에게 비주를 했다.

"잘 지내고 있지? 그런데 아직 장을 못 봤어. 너무 바빠 볼 시간이 없었지. 대신 좀 봐줘!"

가브리엘을 전혀 반기는 분위기가 아니었다. 마치 직원을 대하는 듯했다. 가브리엘의 표정도 이상했다. 차츰 이해가 되기 시작했다.

이곳 성에 사는 사람들에게 가브리엘은 그저 그런 '평범한' 셰프일 뿐이다. 자신의 가문과 카미유의 수준과 어울리지 않는 보통 사람이다. 아마 그들이 가브리엘의 레스토랑에 투자하려는 이유도 그

때문일 것이다. 요리사보다 레스토랑 사장이 사교 만찬에서 훨씬 더 멋지게 들릴 테니.

루이즈가 포도밭을 둘러보라고 제안했다.

가브리엘이 자전거 있는 곳을 알려줬다. 그를 따라 시장에 갈 수도 있다. 둘이 오붓하게 시장을 걸으며 장을 볼 수도 있다. 수많은 과일과 채소 사이를 오가며 숨바꼭질을 할 수도 있다.

하지만 안 돼. 가브리엘과 단 둘이 있는 것은 절대 안 돼!

"나랑 시장에 갈래요?"

가브리엘이 물었다.

"자전거를 타고 낭만적인 산책을 하면서 시장에 같이 가자고요? 좋은 생각이에요. 차라리 헛간에 같이 들어가자는 건 어때요?"

"이곳에 헛간은 없어요. 대신 훨씬 좋은 지하실이 있죠."

전혀 이상하게 들리지 않았다. 왜 나 혼자 전전긍긍하는 걸까? 카미유와 사귀는 사람은 가브리엘이다. 다른 사람을 유혹하지 않도록 조심해야 하고, 유혹에 넘어가지 않도록 주의를 기울여야 하는 쪽은 가브리엘이어야 하지 않나?

하지만 가브리엘은 전혀 그럴 생각이 없나 보다.

안 온다고 할 때는 언제고 갑자기 나타나 내 엉덩이를 마비시키더니 이제는 시장에 같이 가자고 한다.

도대체 무슨 생각인 거지? 내가 자신에게 달려들 것이라고 생각하나? 하지만 절대 그럴 일은 없다!

"농담이에요! 일주일 동안 내내 나를 피하더니 이제는 마구 화를 내네요. 그냥 시장에 가자는 거예요. 우리는 동물이 아니잖아요. 서로 달려들 일은 없어요."

가브리엘이 내 화난 얼굴을 보며 말했다.

가브리엘은 내가 일부러 자신을 피하고 있다는 것을 눈치채고 있었다.

안 돼. 내 머릿속에서 키득대는 소리에 귀 기울이면 안 돼!

결론. 가브리엘은 카미유의 애인이다.

가브리엘이 미치도록 보고 싶고 그리워도 절대 감정을 드러내면 안 된다.

"맞아요, 우리는 동물이 아니라 이성을 가진 사람들이에요."

"에밀리가 이성적이고 합리적이니까 우리는 친구로 남을 수 있어요."

가브리엘이 말했다.

"친구도 안 돼요. 친구가 될 수 없다는 거, 서로 잘 알잖아요!"

"그럼, 앞으로 인사도 안 할 거예요? 카미유에게는 뭐라고 할 거예요?"

가브리엘이 물었다.

"아무 말도 안 할 거예요. 그냥 이웃으로 지내면 돼요."

친구만 아니면 무엇이든 상관없다. 가브리엘은 혼자 시장에 갔고 나는 포도밭을 향해 페달을 밟았다.

아무도 짐승이 되지 않았다.

간단하다.

르무아주!

　가브리엘은 잊고 이곳에 온 목적에 집중하기로 했다. 양조장에서 젊은 남자가 영국인 관광객들과 나를 안내했다. 나는 그가 하는 말에 정신을 집중했다. 홍보하려면 하나부터 열까지 모두 것을 상세하게 알아야 한다. 하나도 허투로 들어서는 안 된다. 게다가 샴페인 제조법은 예전부터 무척 알고 싶었다.

　"샴페인을 제조하는 과정 중에 제일 세밀한 과정이 '르무아주'입니다. 매일 발효 과정에 생기는 찌꺼기를 병목에 모이도록, 매일 4분의 1씩 병을 돌려줍니다. '르뮈외르*'는 매일 몇 만 병을 돌리죠."

　그리고 우리에게 병을 돌려보라고 했다.

　제일 먼저 돌린 사람은?

　당연히, 에밀리, 에밀리 쿠퍼, 나다. 르뮈외르 여왕!

　"축해해요! 제일 먼저 샴페인을 시음할 기회를 드리죠."

　그가 샴페인을 따라 나에게 내밀었다. 나는 단숨에 들이켰다.

　훌륭해!

* 포도주병을 정기적으로 돌려 침전물을 가라 앉히는 작업을 하는 사람

샴페인에 대해 아는 것이 눈곱만큼도 없지만, 그랑 크뤼*가 틀림없었다.

"조금씩 맛을 봐야죠."

관광객 중 한 명이 조언했다.

가브리엘과의 관계를 깨끗이 정리한 뒤라 약간의 위로가 필요했는데 오히려 망신만 당했다.

"상관없어요. 그럼 다음 장소로 갈까요."

사랑스러운 가이드가 나를 안심시켜줬다.

관광객들이 멀어지자 그가 내 옆으로 다가왔다. 가이드는 정말 매력적이고 친절했다.

"죄송해요."

내가 사과했다.

"돈을 내셨잖아요."

그가 대답했다.

"실은 안 냈어요. 양조장이 친구 가족 거라서요."

내가 비밀을 폭로하듯 나지막하게 속삭였다.

"아, 카미유 친구군요!"

그가 아주 매력적인 미소를 지으며 말했다.

"에밀리예요. 카미유의 남매예요?"

내가 악수를 청했다.

"네, 티모테예요."

그의 얼굴에서 미소가 떠나질 않았다. 샴페인 말고 내게 가장 필요한 것은 그가 짓고 있는 따스한 미소였다.

---

* 프랑스에서 우수한 양조장과 그곳에서 생산된 와인을 일컫는다

그리고 다정하고 매력적이고 다른 사람을 잊게 할 만한 웃는 얼굴.

"그럼 언젠가 양조장 주인이 되는 건가요?"

"아마도. 콜레주를 졸업한 다음부터는 주말마다 이곳에서 일하고 있어요."

그가 샴페인이 더 필요한지 물었다. 필요하면 어깨를 살짝 두드리라고 했다. 물론 다른 것이 필요해도 응해줄까?

저녁 식사 분위기는 엄청 무거웠지만, 가브리엘의 요리는 엄청 맛있었다. 그건 루이즈도 인정했다. 루이즈가 가브리엘에게 왜 자신의 이름을 건 레스토랑을 내지 않는지 물었다. 가브리엘은 언젠가 그런 날이 올 것이라고 했다. 루이즈는 자신의 도움을 거절한 가브리엘에게 화를 냈다.

그런 분위기에서 일 이야기를 꺼낼 수는 없었다. 아니, 꺼내면 안될 것 같았다.

식사를 마치고 곧장 방으로 올라갔다. 민디에게 전화해 그동안있었던 일을 털어놓을 생각에 기분이 한결 가벼워졌다. 민디는 중국에서 온 친구들과 함께 있었다. 민디는 대학을 중퇴하고 보모를 하고 있다는 사실을 아직까지 친구들에게 밝히지 못했다.

갑자기 벽 반대쪽에서 큰소리가 들렸다. 카미유가 엄마와 다투는소리다. 간혹 가브리엘의 이름도 튀어나왔다.

성에 산다고 모두 동화 같은 삶을 사는 것은 아닌가 보다.

잠시 후, 민디가 영상을 보내왔다. 민디가 대형 카바레 무대에서 노래하고 있는 영상이었다. 민디가 부르고 있는 노래는 예전에 경연 프로그램에서 망친 노래였다. 영상 속 민디는 내가 아는 민디가 아니었다. 자신만의 창법을 구사하는 진짜 가수였다. 정말 완벽했다. 관객들이 민디의 이름을 연호했고 친구들은 민디의 데뷔를 축하하는 의미로 샴페인을 터트렸다.

민디 덕에 기분이 나아졌다. 민디가 원하는 것을 할 수 있어 행복했다. 그리고 민디가 무척 자랑스러웠다! 민디와 같이 파리에 있었더라면……. 카미유와 엄마가 다투는 소리가 들리지 않는 곳에 있고 싶다. 그리고 슈퍼 섹시 가이가 없는 곳에 있고 싶었다.

밖으로 나갔다. 수영장 의자에 누워 민디가 보내준 영상을 보고 또 봤다. 마음이 한결 편안해졌다.

티모테가 샴페인과 잔 두 개를 들고 나타났다.

"당신이 어디에 숨어 있는지 궁금했어요."

"난 숨은 게 아니에요. 잠이 오지 않아 나온 것뿐이에요."

"한잔할래요?"

티모테가 물었다.

그는 오토바이가 있으니 원하면 같이 도망갈 수 있다고 했다.

귀여워!

나는 시카고에 아주 멋진 직업과 아주 괜찮은 남자 친구와 아주 좋은 친구들이 있었다고 말해주었다.

하지만 모든 것이 지난 일이 돼버렸다. 더는 어떤 결정을 해야 할지 모르겠다. 비록 나쁜 결정일지라도, 예전처럼 모든 것이 계획대로 되는 평범한 삶을 살고 싶다. 내 자신이 소모되는 기분이다.

티모테에게 속마음을 조금 털어놓고 나니 기분이 나아졌다.

그가 다정하게 미소를 지었기 때문에 다시 잔을 채워달라고 그의 어깨를 두드렸다.

너무 어깨를 두드리면

다음 날, 잠에서 깨는데 머리가 지끈거리고 입 안이 텁텁했다. 전날 몇 번이나 티모테의 어깨를 두드렸다. 그리고 내 방에서 그의 몸 전체를 두드리고 더듬었다. 나는 멍한 상태로 아침이 차려진 테라스로 내려갔다. 카미유와 그녀의 가족 그리고 처음 보는 남자가 함께 있었다.

"에밀리, 이쪽은 테오야."

카미유가 나를 반갑게 맞으며 소개했다.

"에밀리 만나서 반가워요. 카미유가 나에 대해 나쁜 말은 하지 않았길 바라요."

그가 말했다.

"테오도 포도밭에서 일해?"

내가 물었다.

"오, 아니야, 에밀리. 이쪽은 내가 말한 우리 오빠야."

카미유가 끼어들었다.

뭐라고?

이해가 안 됐다. 이게 다 샴페인을 너무 많이 마신 탓이다. 샴페인 거품에 빠져 내 뉴런이 제대로 작동하지 않고 있다.

"어제 포도밭을 구경할 때와 저녁 먹을 때 네 오빠를 봤는데."

"그건 동생 티모테야. 티모테는 겨우 열일곱 살인걸."

내가 당황한 것을 보고 테오가 프랑스에서 '콜레주'는 '대학'이 아니라 '중학교'라고 설명해줬다.

어떤 고약한 인간이 프랑스어를 만든 거야?

호랑이도 제 말 하면 나타난다고, 티모테가 나타나 나에게 비주를 했다. 가족들이 모두 보는 앞에서 말이다. 티모테가 열일곱 살이라고 어떻게 짐작이나 했겠는가? 진짜 어른스러워 보였다. 내 인생 최악의 순간에 가브리엘이 나타났다. 그리고 충격을 받은 표정을 짓더니 곧바로 다시 가버렸다. 내가 처음 본 사람의 어깨를 두드린 건 가브리엘 탓이다.

카미유는 그 상황을 무척 즐거워했다. 하지만 루이즈는 전혀 그렇지 않았는지 나를 사무실로 불렀다.

"티모테가 열일곱 살인 줄 몰랐어요. 카미유가 오빠를 소개해주고 싶다고 했어요. 티모테가 샴페인을 설명해줄 때, 진짜 정말 전문가 같았거든요!"

나는 횡설수설 변명을 늘어놓았다.

"잠깐, 내 말 들어요."

루이즈가 명령조로 말했다.

"그런 건 전혀 신경 쓰이지 않아요. 솔직히 내 아들이 제대로 했는지 알고 싶을 뿐이에요."

루이즈가 말했다.

얼굴이 화끈거리고 기절하기 직전이었다. 머릿속으로 끔찍한 생각이 스쳐 지나갔다.

오마이갓!

"티모테가 첫경험은 아니죠?"

내가 소리를 질렀다.

"이런, 그런 것 같았어요?"

루이즈가 안절부절했다.

자신의 아들과 하룻밤을 보낸 나에게, 있었던 일을 꼬치꼬치 묻는 상황이 너무 당황스럽고 무진장 불편했다.

"뭐라고요? 오, 노, 노, 노. 아주 친절하고 다정했어요."

다행히 루이즈는 그 이상 자세한 설명을 요구하지 않았다. 나로 하여금 죄책감을 느끼게 할 마음도 전혀 갖고 있지 않았다. 루이즈에게 샴페인을 만들고 남은 와인을 가지고 뿌리는 샴페인을 만드는 기획안까지 설명할 수 있을 정도였다.

이 아이디어는 민디와 그녀의 친구들이 샴페인을 뿌리며 축하하는 동영상에서 얻었다. 그리고 루이즈는 그 기획을 마음에 들어했다. 적어도 주말을 완전히 망친 것 같지는 않다.

사랑에서는 불운한

　프랑스에 온 후로 나는 '두 번 있으면 세 번도 있다', '비오는 결혼식, 행복한 결혼식', '불운한 일, 행복한 사랑' 등 재밌는 프랑스 표현을 많이 배웠다.

　혼란스러운 주말을 보내고 나니 이번 주에는 '불운한 사랑, 행운 가득한 일'이라는 표현을 덧붙여도 될 것 같다는 생각이 들었다. 파리에서 산 지 이미 몇 주 지났으면 나만의 표현을 만들 수도 있지!

　감정적인 면에서 운명은 나한테 충분히 잔인했다. 여자 친구가 있는 남자에게 푹 빠지고, 지적인 줄 알았던 속물 왕자와 데이트를 하고, 중학교를 갓 졸업한 남자애와 하룻밤을 보냈다.

　거기서 '멈춰!'를 외쳤다.

　다행히 일적인 부분에서 몇 가지 만족을 느꼈다.

　우선, 실비가 뿌리는 샴페인에 대한 내 기획을 마음에 들어했다. 그리고 스캔들에 대해서도 화내지 않았다. 그것만 해도 대단한 일이었다.

　카미유가 저녁에 마레 갤러리에서 열리는 오프닝 행사에 우리를 초대했다. 샴페인이 폭포수처럼 터져 넘칠 것이다.

듣기만 해도 흥분되는 일이다.

그리고 '아메리칸 프렌즈 오브 루브르'의 책임자인 주디스가 나에게 연락을 해왔다. 그녀는 내 인스타그램을 팔로워하고 있다며 다음 자선 경매에 피에르 카도 드레스를 기증받고 싶어 했다. 큰 행사가 될 것이라 피에르 카도의 이미지도 좋아질 것이고 마케팅 측면에서도 도움이 될 것 같았다. 게다가 같은 미국인을 도울 수 있어좋았다.

패션 위크가 다가오면서 피에르는 정신없이 일하고 있었다. 그래서 대신 조카 마티외가 카미유의 전시회에서 만나기로 약속했다.

잔뜩 긴장한 채로 희망을 품고 갤러리에 갔다. 수많은 손님이 왔고 약속한 대로 훌륭한 들라리스 샴페인을 실컷 맛볼 수 있다.

겸손하게, 조심스럽게. 내가 지켜야 할 규율을 잘 알고 있다.

나는 카미유를 만났다. 드레스를 입은 카미유의 모습은 무척 우아했다.

"네가 항상 이야기한 네 무서운 상사를 빨리 만나고 싶어."

카미유가 말했다.

가브리엘이 샴페인잔을 들고 우리에게 다가왔다. 가브리엘은 자신과 무척 잘 어울리면서, 다른 손님들과 확 구별되는 나쁜 남자 패션을 하고 왔다. 자신의 반항적인 기질을 보여주려고 일부러 그렇게 입은 건 아닐까?

"만나봤는데 무섭지 않아. 괜찮아, 물지는 않아."

가브리엘이 말했다.

잔뜩 겁먹은 동물을 공격할 때마다 이빨을 드러낼 필요는 없다. 쳐다보는 것만으로도 충분히 줄행랑치게 할 수 있다. 실비가 그랬다!

"회사 사람들은 모두 실비를 무서워해."

내가 대답했다.

그리고 말이 떨어지기 무섭게 뤼크와 함께 실비가 나타났다.

"오셨어요? 카미유예요."

내가 환하게 웃으며 카미유를 소개했다.

"아, 안녕하세요. 만나서 반가워요. 당신 가문의 샴페인을 홍보하게 돼 정말 기뻐요."

실비가 카미유에게 말했다.

그 순간 마티외가 나타났다.

"에밀리!"

마티외가 내 볼에 비주를 했다.

"흠, 친애하는 마티외 카도가 직접 오다니, 무척 영광이에요."

실비가 말했다.

"에밀리가 와달라고 부탁했어요."

"아, 진짜 일벌레예요."

실비가 알쏭달쏭한 표정을 지으며 말했다.

이게 뭐야?

나는 들라리스 샴페인과 피에르 카도 브랜드 그리고 경매까지 엄청 많은 일을 하고 있다. 당연히 칭찬해줘야 하는 것 아닌가? 잘 생각해보니, 실비가 만족이라는 것을 했던 적이 있나 궁금해졌다.

카미유가 작품 몇 점을 소개했다. 실비는 마티외와 대화하려고 그를 다른 곳으로 데리고 갔다.

헤이, 마티외를 초대한 사람은 나라고!

"둘이 무슨 관계야?"

마티외가 사라지자 카미유가 물었다.

"뭐?"

나는 어리둥절한 표정으로 물었다.

"너와 마티외!"

"아무 일 없었어!"

내가 단호하게 말했다.

"마티외가 너를 보는 눈빛이 아주 다른던데, 못 느꼈어?"

아니, 믿을 수 없다. 그것은 중요한 일이 아니다. 나는 일에 전념
해야 한다. 일 이외에는 전혀 신경쓸 필요 없다. 매력적인 남자가
아주 매혹적인 미소를 짓고 있다. 하지만 그들을 쳐다봐선 안 된다.
아니, 눈길조차 줘선 안 된다. 관심도 없다. 남자들은 더 이상 존재
하지 않는다. 음? 내가 무슨 생각을 하는 거야? 전혀 생각나지 않
는다!

"사부아르의 고객이야."

"상관없잖아. 잘생긴 데다가 매력 있어. 엄청난 부자고 피에르
카도의 후계자야. 셀럽들과 함께 찍은 사진이 거의 매주 '브와시'와
'파리 마치*'를 장식해."

요컨대 플레이보이다. 마티외와의 관계를 업무상 관계 이외로 맺
으면 안 되는 이유가 또 생겼다.

"에밀리, 너한테 마티외가 딱이야."

카미유가 장담했다.

"부자고 셀럽들과 친하니까?"

가브리엘이 비아냥댔다.

---

* 브와시(Voice)와 파리 마치(Paris Match)는 프랑스의 대표 주간지.

"아니. 마티외는 재능 있고 성공한 사람이야."

카미유가 가브리엘에게 무뚝뚝하게 대답했다.

"아무런 노력 없이 남의 돈으로 성공하기는 쉬워."

가브리엘이 대꾸했다.

사랑과 돈, 완두콩과 당근 같다. 절대, 절대 섞이면 안 된다. 사랑과 사업도 마찬가지다. 마티외가 나를 저녁 식사에 초대했을 때 내가 읊조린 말이다.

크레이프, 내 사랑!

마티외는 나를 레스토랑으로 데려가지 않았다. 자신이 가장 좋아하는 크레이프 가게로 갔다. 조금 놀라기도 하고 안심이 됐다. 카미유의 말을 듣고 난 후, 마티외가 '포르치니 버섯을 곁들인 오리 안심'이나 그럴 듯한 맛있는 요리를 앞에 두고 나를 유혹할까 봐 두려웠다. 값비싼 요리 대신 설탕만 뿌린 크레이프를 먹으며 매력적인 파리 골목을 마티외와 함께 걸었다. 솔직히 말해, 정말 좋았다.

나는 브루클린을 찾아 밤새 파리를 돌아다닌 다음에 가브리엘과 함께 먹을 뻔했던 다른 '크레이프'는 떠올리지 않으려 애썼다.

"정말 맛있어요. 모든 문화마다 팬케이크가 있다니 정말 재밌어요."

"브르타뉴 지방의 크레이프와 미국의 팬케이크를 비교하지는 말아요! 1초의 망설임 없이, 우리 크레이프가 훨씬 맛있어요."

마티외가 말했다.

"내가 만든 팬케이크를 먹어본 적 없잖아요."

내가 대답했다.

"한번 꼭 만들어줘요."

나는 미소를 지었다. 내가 만든 팬케이크를 맛볼 수 있게, 내 집에 초대해달라는 건가?

우리는 화면에 후드티를 입은 두 남자가 나오는 부티크 앞을 지나갔다. 덕분에 주제를 바꿀 수 있었다.

"저기 봐요, 디자인팀 그레이스페이스예요. 저 후드티는 900유로짜리 한정판이에요."

"아, 알아요. 스트리트 패션 브랜드죠. 패션 위크에 출품하죠?"

"사실은 그게 그들 전략이에요. 어디에서 패션쇼를 하는지 미리 알리지 않아요. 그러면 사람들이 그걸 알아내려고 찾아보죠."

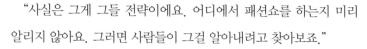

그레이스페이스는 사람들 관심을 끄는 데 재능이 있다. 그리고 나는 마티외의 관심을 끌어야 한다. 나는 그를 초대한 목적이 있었고 그걸 잊어버리지 않았다.

나는 조심스럽게 마티외의 개인사를 물었다. 마티외는 열세 살 때 집을 떠나 삼촌과 살았는데 불안했지만 꽤 흥미있는 삶이었다고 말해주었다.

보통 사람처럼 평범한 삶을 보낸 내 유년 시절과 전혀 달랐다.

곧 민감한 주제로 넘어갔다.

"'아메리칸 프렌즈 오브 루브르'의 책임자가 곧 큰 자선행사를 열 예정인데, 피에르 카도 드레스 한 벌을 기증받을 수 있는지 물었어요."

"아, 그렇게 일하는 거군요! 당신 회사에 아주 많은 돈을 지불하고 선물까지 해야 하는 거군요."

당황한 나는 살짝 미소로 답했다. 미소는 '나 좀 봐줘요, 플리즈! 플리즈! 플리즈!'라는 뜻이었다.

"좋아요, 내일 의상실에 들려요. 기증할 만한 것이 있는지 확인해 보죠."

마티외가 내 제안을 받아들였다.

그가 나에게 손키스를 한 후, 우리는 헤어졌다. 마티외는 '다음에 다시 만나요'라는 의미에 '당신 내 마음에 쏙 들어요'를 더한 미소를 지었다.

카미유가 맞았다! 오늘 밤, 마티외는 자신이 좋아하는 크레이프만 맛보여준 것이 아니라 나를 향한 갈망마저 분명하게 드러냈다.

일에 몰두하느라 그 다음 며칠은 쏜살같이 지나갔다. 마티외는 자선행사에 쓰일 아주 멋진 드레스를 기증해줬다. 하지만 나를 유혹하지는 않았다.

내가 착각한 것일까?

어쨌든 마티외는 나에게 충분한 인상을 남겼다. 나는 마티외와 관련된 인터넷 사이트를 검색했다. 그건 단지 내 일에 도움이 되기 때문이다.

누구든 고객에 대해 잘 알아야 한다, 당연히!

그게 바로 직업 정신이다.

'불운한 사랑, 행운 가득한 일'이라는 내 표현이 실비한테도 들어맞는다고 생각했다. 앙투안과의 휴가 계획이 틀어진 다음부터 실비는 그의 전화를 받지 않았다. 그가 보낸 선물도 모두 돌려보냈다. 실비에게 두 사람의 관계는 파트타임이라는 생각이 들었다. 실비는 카트린과 크레이프를 제대로 나누고 있다.

하지만 크레이프는 혼자 먹는 것이다. 두 사람을 위한 게 아니다.

둘로 나누는 순간, 아무도 못 먹을 수 있다!

자선행사가 순식간에 눈앞으로 다가왔다. 시간이 그렇게 쏜살같을 수 있을까? 행사가 이루어지는 장소는 멋지고 아름다웠다. 경매에 참가할 사람들이 앉을 커다란 원탁들이 놓여 있었다.

'아메리칸 프렌즈 오브 루브르'의 주디스는 거짓말을 하지 않았다. 위대한 쇼가 될 것이다!

"하이, 주디스! 정말 멋있어요!"

내가 주디스에게 인사했다.

"예스, 루브르의 명사들이 모두 참가 신청을 했어요. 모든 시선이 피에르 카도 드레스에 쏠릴 거예요!"

실비가 평소처럼 완벽한 모습으로 도착했다.

"만나서 반가워요, 주디스!"

"오, 당신을 만나 기뻐요, 실비. 에밀리가 당신 이야기를 아주 많이 했어요. 이 귀여운 아가씨를 빌려줘서 무척 고마워요."

아주 좋았어!

"에밀리가 그렇게 마음에 드시면 영원히 소장할 수 있게 기꺼이

양보하죠."

나는 실비가 그 말을 한 이유가 앙투안과 결별했기 때문이라고 생각했다. 그래, 그거라고 믿자.

손님이 하나 둘 입장하기 시작했다. 그레이스페이스가 아방가르드한 흰색 복장에 배낭을 메고 나타났다. 주디스는 두 사람을 해충 방제사 취급했다. 나는 서둘러 두 사람에 대해 알려줬다.

"평소 사람들의 시선을 끄는 것은 나였어요. 요가 바지를 입고 가장 좋아하는 카우보이 스웨트셔츠를 입고 장을 보러 가는데 오늘은

당신들이 한 수 위네요.”

주디스가 농담을 했다.

“고맙습니다.”

한 명이 인사했다.

“제가 맞혀볼게요. 고스트버스터즈?”

내가 말했다.

“아니에요, 워크웨어예요. 우리 봄 콜렉션이에요.”

그들은 피에르 카도 드레스 때문에 왔다고 말했다. 당연히, 나는 사부와르와 내가 하는 홍보 일을 소개했다. 하지만 그들은 자신들이 직접 홍보하는 방식을 선호했다. 유감이다!

그레이스페이스는 거짓말을 하지 않았다

어떻게 내가 피에르 카도 드레스를 입고 무대에 오를 수 있었느냐고? 간단하다. 드레스를 입기로 한 모델이 오지 않아 마티외가 모델을 대신할 사람으로 나를 지목한 것이다. 나는 거절할 수 없었다.

짧고 하얀, 종이접기 같은 옷을 입었는데 새나 구름처럼 몸이 가벼웠다. 하지만 부담스럽기도 했다. 모든 시선이 나를 향하고 있었다. 나는 그것도 일의 일부라고 생각하고 딱 한 가지만 바랐다. 경매금액이 자선경매 사상 최고가가 되고 피에르의 명성이 더 높아지는 것이다.

"자, 경매 가격은 1만 유로부터 시작하겠습니다."

경매인이 말했다.

손들이 올라왔다. 가격이 오르고 오르고 올랐다! 나는 점점 여유를 찾으며 웃었다. 말한 대로 그레이스페이스도 경매에 참가했다. 3만8000유로라는 적정한 금액에 그레이스페이스가 피에르 카도 드레스를 낙찰받았다.

놀라웠다! 피에르가 우레와 같은 박수를 받으며 자리에서 일어났다.

그는 무척 행복한 표정이었다. 그리고 그레이스페이스가 무대로 다가왔다.

"축하해요, 두 분. 무척 만족스러워요!"

내가 두 사람에게 말했다.

한 사람이 촬영을 하고 다른 사람이 배낭에 달린 관을 나에게 향했다.

색종이 대포가 아닐까? 낙찰을 축하하는 방식으로는 꽤 귀여운 걸?

나는 색종이가 휘날리기 기다리며 웃었다. 내가 입고 있는 하얀 색 드레스와 무척 잘 어울릴 것이다. 인스타그램에 관련 사진이 폭 주하는 상상을 했다. 시간이 멈춘 것 같았다.

갑자기 관을 들고 있던 남자가 나를 향해 회색 페인트를 쐈다.

팡팡팡!

순식간에 드레스가 엉망이 됐고 내 얼굴에도 페인트가 튀었다. 실비는 마시던 샴페인을 뱉었고 피에르는 누군가 심장을 도려내기 라도 한 것처럼 공포의 비명을 질렀다.

그와 같은 악몽 속에서도 한 가지 분명한 것이 있었다. 그레이스 페이스가 거짓말을 하지 않았다는 것이다.

그들은 홍보의 귀재다. 진짜로 에이전시가 필요 없었다.

하녀 방이 꼭 있어야 할 이유가 숨기 위함임을 깨달았다.

누가 사람을 찾아 6층까지 올라 오겠는가?

몸을 숨기기에 가장 완벽한 장소다.

그레이스페이스의 엄청난 SNS 홍보 탓에 밖으로 나갔다간 내 목숨이 위험할 판이다. 나가기 싫었다. 하지만 그럴 수 없다. 좋든 싫든 실비와 대면해야 한다. 어제 저녁, 피에르는 절망 그 자체였다.

반대로 그레이스페이스는 인터넷상에서 엄청난 화젯거리가 되었고 나도 마찬가지였다.

막 단두대를 향해 나가려는데 누군가 문을 두드렸다. 가브리엘이었다.

"안녕. 오늘 아침 일찍 시장에 갔다가 평소처럼 신문을 샀는데⋯⋯."

그가 '패션 위크, 카도-그레이스페이스 스캔들'이라는 제목과 함께 내 사진이 크게 실린 신문을 내밀었다.

"확실히 크게 화제가 된 모양이에요. 기사를 번역해줄까요?"

가브리엘이 물었다.

그럴 필요없다. 나는 직접 체험한 사람이다. 화제를 일으킨 사실은 그럭저럭 견딜 수 있지만 내가 느낀 모멸감은 견딜 수가 없다.

"오늘 정말 출근하기 싫어요."

내가 솔직하게 고백했다.

"그럼 그렇게 해요. 집에서 쉬어요. 프랑스어 수업도 가지 말고."

안 돼. 가브리엘이 나를 향해 미소를 짓고 있어!

"정말 그러고 싶어요."

"나도요."

적어도 나의 안부를 챙기러 와준 점은 고마웠다.

내가 단두대에서 처형되기 전에.

희망으로 살아간다

내가 좋아하는 또 다른 표현은 '희망으로 살아간다'다.

그 문구 덕에 회사 문을 열고 들어갈 수 있었다.

실비가 화를 안 낼 수도 있지 않나?

나는 아무 짓도 하지 않았다. 피에르 카도 드레스를 망가뜨린 쪽은 그레이스페이스다. 그들이 무슨 생각을 하는지 어떻게 짐작할 수 있단 말인가?

자선행사 덕분에 그들은 인터넷 스타가 됐다. 그레이스페이스의 팔로워 수는 말 그대로 폭발적이었다. 그들은 그들의 로드 숍에 피에르 카도 드레스를 전시했다.

커피를 내리고 있는데 실비가 손에 휴대전화를 들고 나타났다. 화면에 내가 페인트를 뒤집어쓰고 있는 사진이 떠 있었다. 도저히 눈뜨고 볼 수 없는 사진이었다.

"이건 정말 엿같은 일이에요!"

실비가 말했다.

상황을 무척 잘 표현한 말이지만 나는 아무 반응도 보이지 않았다. 어떤 식으로든 노출되면 좋은 거 아닌가 하는 생각이 조금 들었다. 노이즈 마케팅이면 어때?

"피에르에 대한 부정적이거나 안 좋은 글은 거의 없어요. 모두 한 목소리로 새로운 것을 반대하는 늙은 파수꾼이라고 했어요".

내가 말했다.

"아, 당신은 늙은 파수꾼이라는 표현이 긍정적이라고 생각해요?"

"우리에게 좋은 점도 있어요. 피에르에게 수많은 팔로워가 생겼어요. 그레이스페이스의 팔로워 중 수십만 명이 피에르에게 넘어왔어요. 피에르가 화제의 대상이 된 거죠."

실비는 받아들이지 못하는 표정이었다.

"화제의 대상인지 놀림거리일지 두고 보면 알겠죠? 만약 피에르가 떠나면 시카고 본사에서도 당신을 가만두지 않을 거예요."

최악은 실비의 말이 맞다는 것이다.

어제 저녁, 피에르는 제정신이 아니었다. 만약 그를 잃으면 내 직업도 영영 잃게 된다!

나는 미친 악당들을 만나러 갔다. 로드 숍 앞에는 대기줄이 어마어마했다. 확실히 그들은 사람들에게 강력한 인상을 남겼다. 모두 그들의 옷에 열광했다. 그게 더 화가 났다. 우리가 비용을 들여 그들을 광고해준 꼴이다. 그 대가로 우리가 받은 것은 한 푼도 없다.

"헤이, 가이즈! 나 기억하죠?"

내가 물었다.

"오, 경매 아가씨! 어제 일은 행위예술로 이해해주세요. 의도한 거였어요."

한 명이 앞으로 나서며 말했다.

내가 제대로 들은 건가?

"아, 그래요? 나는 두 명의 괴짜한테 엿먹은 기분이에요."

"미안해요!"

다른 사람이 사과했다.

"우리는 피에르 카도의 엄청난 팬이에요."

오늘 내 청력에 문제라도 있는 건가? 아니면 아직도 내 귀에 페인트가 남아 있는 건가?

그레이스페이스가 하는 말을 전혀 알아들을 수 없었다.

팬이라면 자신이 좋아하는 우상을 웃음거리로 만들지는 않을 것이다!

그 말에 불쑥 아이디어가 떠올랐다. 그레이스페이스의 주장대로 피에르의 팬이라면 서로 협업할 수도 있지 않을까?

주제는 과거와 미래보다 영원함과 아방가르드가 나을 것이다.

꽤 괜찮다.

일단 피에르의 집에 가는 데까지는 성공했다. 이젠 우리 고객으로 남아 있게 설득하는 일만 남았다.

피에르는 전날부터 방에서 나오지 않고 있었다. 나는 조심스럽게 방에 들어가 피에르에게 내 계획을 설명했다. 그레이스페이스는 패션의 장벽을 깨트리고 싶어 하며 그것을 실현하는 것이 그들의 컨셉이라고 했다. 그래서 기존에 있던 것에 새로움을 더하는 중이라고 설명했다. 나는 두 사람이 피에르를 엄청나게 존경하고 그의 처세술과 재능을 부러워한다고 강조했다. 하지만 피에르는 내 말을 귓등으로도 듣지 않았다. 피에르에게 패션은 콘셉트와는 전혀 상관이 없었다. 드레스에 페인트칠을 한 그레이스페이스의 옷은 피에르에게 '천조각'에 불과했다.

　나는 피에르를 설득하려고 생각나는 대로 내뱉었다. 하지만 성공하지 못했다.

　나는 지금까지 모든 문제를 해결했다. 하지만 이번 만큼은 정말 형편없었다.

　사랑에서 불운한 사람이 일에서도 불운했다.

드디어, 좋은 소식!

며칠 후, 민디와 우리가 좋아하는 카페 테라스에서 만났다. 나는 피에르와의 끔찍한 만남과 그 후 있었던 일 등 하나도 빼지 않고 모두 말했다.

사실 그 날 마티외와 키스했었다. 그건 낙담한 나를 위한 격려의 키스일 뿐 다른 뜻은 전혀 없었다. 그냥 기분좋은 키스일 뿐이었다.

더 이상 매력적인 남자들을 쳐다보지 않기로 다짐했고 더 이상 그들과 키스하지 않기로 결심했다.

"나는 패션을 사랑하지만 패션 위크는 정말 싫어."

민디가 말했다. 우리 주위로 수많은 사람들이 자리가 나길 기다리고 있었기 때문이다.

"나도 싫어. 피에르는 지금 제정신이 아니야. 의상실에 들어 오지도 못하게 해. 보지 않고 어떻게 홍보를 할 수 있어?"

내가 불만을 털어놨다.

사실, 겁이 나 죽을 지경이다. 그레이스페이스 사건 이후로 피에르는 모든 것을 의심했다. 그것은 결코 좋은 일이 아니다. 에이전시는 피에르 카도의 패션쇼를 홍보해야 한다. 그 일은 사부아르에겐 대형 프로젝트였다. 실비마저 엄청나게 긴장하고 있었다. 실비가 그런 상태니 다른 사람들은 어떻겠는가? 그중에서도 내 상황이 제일 끔찍했다.

"쉽지 않지."

민디가 나를 위로 했다.

"좋은 소식 듣고 싶어? 전에 보내준 동영상에서 내가 노래한 드래그퀸* 클럽에서 나한테 일자리를 제안했어! 일주일에 두 번이긴 하지만 나한테 노래해달래."

"대단해!"

내가 탄성을 질렀다.

"네가 여장 남자가 아닌 것은 클럽 사람들도 알고 있지?"

"나도 그러길 바라는데⋯⋯."

"농담이야!"

민디가 깔깔깔 웃었다. 그 순간 마티외의 메시지가 왔다. 그가 나를 만나길 원했다. 마티외가 나에게 좋은 소식을 전해주길 바랐다.

크레이프와 마찬가지로 마티외는 정말 나를 놀라게 하는 재주가 있다. 이번에는 그의 요트에서 만났다. 우리는 샴페인을 마셨다. 그리고 센 강에서 요트를 타며 파리를 감상했다.

정말 아름답다!

어둠이 내리고 나서 우리는 센 강가에 내렸다.

"요트를 타고 센 강을 유람하면서 여자들을 유혹하는 것이 당신의 기술인가요?"

---

* 여장 남자를 말한다.

내가 짓궂게 물었다. 나는 마티외의 팔짱을 끼고 강가를 산책했다.

"문제가 생길 때마다 배를 타고 센 강을 일주해요. 그럼 새로운 관점이 생겨요."

마티외가 말했다.

"문제가 뭐예요? 피에르예요?"

나는 걱정이 됐다.

"그레이스페이스 때문이라고 계속 곱씹고 있어요. 나한테조차 새로운 콜렉션을 보여주지 않고 있어요."

나는 발걸음을 멈췄다. 아름다운 미소를 짓고는 있지만 마티외가 진짜로 걱정하고 있다는 인상을 받았다.

"당신한테도요? 당신에게도 아무것도 안 보여줬어요? 패션쇼가 3일 후잖아요! 오마이갓! 이 모든 게 다 내 탓이에요!"

"하하하! 피에르는 과장하는 것을 좋아해요. 삼촌 성격이에요. 당신에게 보여줄 게 있어요. 내가 여자들을 유혹하는 진짜 단골 기술이죠."

마티외가 내 손을 잡으며 나를 진정시켰다.

확실히 마티외는 나를 안심시키려 애썼다. 나쁜 것은 그게 먹힌다는 거다. 마티외는 나를 멋진 아파트로 데리고 갔고 그 아파트만큼 아름다운 테라스로 나왔다. 마티외는 정말 꿈같은 삶을 살고 있었다. 게다가 매력적이고 세련되고 낭만적이다. 마티외와 있으면 모든 것이 단순하고 가벼워진다. 나한테 필요한 배터리다. 시간을 벗어난 순간이었다. 그리고 내 고통으로부터 벗어난 순간이다.

우리가 키스를 하는데 어디선가 벨이 울렸다.

"뭐예요?"

내가 물었다.

"집전화예요. 그리고 이 번호를 아는 사람은 피에르뿐이에요. 미안해요. 전화 받아야 해요."

마티외가 서둘러 전화를 받으러 갔다.

"뭐라고요? 아니, 아니, 아니야. 갈게요. 제가 갈게요! 꼼짝 말고 있어요!"

"무슨 일이에요?"

마티외가 전화를 끊자 내가 물었다.

"피에르가 패션 위크의 패션쇼를 취소하고 싶대요."

"뭐라고요? 오마이갓!"

나는 소리를 질렀다.

마티외는 이미 재킷을 입었다.

"당장 피에르를 만나러 가야 해요. 그를 설득할 수 있어야 할 텐데."

나도, 나도 그러길 바란다. 정말로 그러길 바란다!

하늘이 머리 위로 무너질 때

다음 날 아침, 나는 마티외한테서 연락이 오길 간절히 기다렸다. 그가 삼촌을 설득하는 데 성공했길 바랐다.

뤼크가 파리에 개장할 랜디 호텔과 라보 향수의 협업에 관한 회의를 주재했지만 전혀 귀에 들어오지 않았다. 아무것도 들리지 않았다.

겁이 나 죽을 지경이다.

피에르가 패션쇼를 취소하면 실비가 어떤 반응을 보일지 상상조차 할 수 없었다. 나는 마티외에게 메시지를 보냈다.

"에밀리, 발표에 집중해줄래요? 부탁이에요!"

뤼크가 짜증을 냈다.

나는 휴대전화를 내려놓았다. 갑자기 휴대전화를 보던 쥘리앵이 공포에 질린 비명을 질렀다.

"오마이갓!"

"나 지금 발표하고 있잖아요."

뤼크가 화를 냈다.

"완전 위기 상황이에요."

쥘리앵이 단호하게 말했다.

"들어봐요. 방금 피에르 카도가 자신의 패션쇼를 취소했다고 우먼스 웨어 데일리가 트위터에 올렸어요!"

"뭐라고요?"

실비가 큰소리로 외쳤다.

드디어 내가 그토록 두려워하던 일이 벌어졌다.

"확실해요?"

내가 쥘리앵에게 물었다.

"어제 저녁, 맷이 피에르를 설득한다고 했어요."

"맷? 어제 저녁 마티외 카도와 뭐했어요? 당신이 알고 있는 것을 왜 나는 모르고 있는 거죠?"

실비가 버럭 화를 냈다.

왜냐하면 무서웠기 때문이다. 그게 이유다. 내 휴대전화가 울리자 실비가 달려들어 내 손에 있던 휴대전화를 낚아챘다.

"여보세요, 마티외?"

실비가 내 휴대전화를 내려놓더니 스피커 모드로 바꿨다.

"피에르가 오늘 아침에 쇼장을 취소했어요."

마티외가 보고했다.

"콜렉션은 준비됐지만 보여주기 싫대요. 설득하려 했지만 피에르가 '링가르드, 링가르드'만 외쳤어요."

"링가르드!"

실비가 마티외의 말을 반복하며 나를 노려봤다.

나는 그 말이 내 몸에 아주 오랫동안 붙어 있을 것 같은 느낌이 들었다. 전화를 끊고 실비가 차가운 얼굴로 나를 바라봤다.

"당신이 무슨 일을 벌인 건지 알겠어요? 당신은 피에르에게 드레스 중 한 벌을 기증하라고 설득했어요. 결국 그 드레스는 엉망이 돼 버렸고요. 피에르가 얼마나 자존심에 상처를 입었으면 30년 만에 처음으로 패션 위크를 쉬겠다고 하겠어요. 거기에 더해 피에르의 조카 마티외와 잠까지 자요?"

"으음, 마지막 부분은 사실과 달라요."

나는 조심스럽게 끼어들었다.

"패션 디자이너가 패션쇼를 거부하는 상황이에요!"

실비는 내 말은 무시한 채 말을 이어나갔다.

"프랑스어도 제대로 할 줄 모르면서 미국 여자가 파리 에이전시를 엉망진창으로 만들어버렸어요."

"제가 피에르와 이야기해볼게요."

실비에게 부탁했다.

나는 피에르를 설득할 수 있다고 확신한다. 실비가 나한테 한 번만 더 기회를 주면 된다.

실비가 내 휴대전화를 돌려주었다.

"당신 해고예요! 당장 내 사무실에서 나가요. 당신 짐도 챙겨서 가요. 더 이상 이곳에서 당신을 보는 일이 없길 바라요."

실비가 말했다.

안 돼. 그건 말도 안된다. 나는 말을 하려다가 입을 다물었다. 워낙 충격적이라 나를 방어할 자신이 없었다. 어쨌거나 실비가 결정한 일이다.

내가 무슨 말을 할 수 있겠는가.

약간의 위로

내가 해고된 것이 도저히 믿겨지지 않았다. 사부아르와 동료들 그리고 파리를 떠나야 한다. 나는 책상 앞에 멍하니 서 있었다. 이 모든 것과 작별해야 하다니 믿겨지지 않았다. 나는 쥘리앵, 뤼크, 실비가 좋다. 차가운 실비마저 좋았다.

나는 적응하는 데 성공했고 이곳에서 생활도 편해졌다. 내가 늘 꿈꿨던 자유로운 삶을 살고 있다고 느꼈다. 하지만 방금 그 모든 것이 산산조각 났다. 내 커리어와 함께.

파리에서의 해고는 분명 시카고까지 영향을 줄 것이 확실하다.

걱정이 된 쥘리앵과 뤼크가 왔다.

"괜찮아요?"

뤼크가 물었다.

"아니요. 방금 실비가 나를 해고했어요."

그 말을 듣고 두 사람은 안심하는 표정이었다. 이해가 안 됐다.

"아, 그것 때문이면, 괜찮아요!"

뤼크가 대답했다.

"응, 괜찮아요."

쥘리앵도 같은 말을 했다.

"누가 죽은 것도 아니잖아요. 프랑스에서 해고는 거의 불가능해요."

"뭐라고요?"

"맞아요. 고용주와 노동자 간의 법적인 문제로 몇 달이나 걸려요!"

"몇 년이죠!"

쥘리앵이 뤼크의 말을 수정했다.

"자존심은 모두 내려놓고 일주일에 한두 번씩 와서 에밀리의 책상에 서류를 놓고 실비와 눈만 마주치지 마요."

"내 친구 중 하나는 대형 법률사무소에서 해고된 적이 있어요."

뤼크가 말했다.

"친구는 너무 괴로워서 휴대전화를 센 강에 던져버렸어요. 법률사무소는 해고 소송을 마무리짓고 싶어서 연락하려고 했지만 할 수가 없었어요. 결국 해고는 없던 일이 돼버렸죠. 지금 내 친구는 그 회사의 파트너가 됐어요."

쥘리앵이 나를 보며 미소지었다.

"그게 도움이 될 것 같으면 에밀리의 휴대전화를 우리에게 줘요. 우리가 대신 센 강에 던져줄 테니까."

나는 깊이 감동했다. 그리고 에이전시에 처음 왔을 때가 생각났다. 나와 점심을 먹지 않으려고 핑계대던 일과 나를 촌뜨기라고 놀리던 일이 떠올랐다. 그 후로 시카고에서 온 촌뜨기는 그들을 알아가기 시작했고 좋아하게 됐다. 시카고에 돌아가면 그들이 무척 그리울 것이다.

"고마워요. 두 사람이 없었으면 일주일도 못 견뎠을 거예요."

"에밀리, 우리는 결코 당신에게 등돌리지 않아요. 절대로."

뤼크가 위엄 있는 목소리로 말했다.

뤼크의 말이 끝나자마자 실비가 사무실에서 나왔다. 두 사람은 잽싸게 달아났다. 나한테 등을 돌리고 말이다.

상관없다. 두 사람의 지지가 작은 위안이 됐다.

진짜로.

가브리엘이 떠나다!

끔찍한 하루였다! 내 인생 최악의 날이었다.

나를 지지해준 동료들을 떠나고 싶지 않다. 그들의 말이 사실일까? 내가 에이전시에 남을 수 있는 기회가 아직 있는 걸까? 나는 완전히 넋이 나간 상태로 퇴근했다. 확실한 것은 그토록 끔찍한 하루를 보냈기 때문에 더는 바닥으로 떨어질 일도 없었다.

아파트 앞에 도착했는데 목소리가 들렸다. 가브리엘과 카미유가 다투고 있었다.

"나는 네가 기뻐할 거라고 생각했어!"

가브리엘이 말했다.

"넌 너무 이기적이야!"

카미유가 대꾸했다.

"나는 일하러 가야 해."

가브리엘이 말을 마치고 길을 건너 자신이 일하는 레스토랑으로 갔다.

"그래 가! 네가 할 수 있는 일은 도망치는 것뿐이잖아!"

카미유가 가브리엘을 비난했다.

두 사람 사이가 무척 험악해 보였다. 나는 눈물을 닦고 있는 카미유에게 다가갔다.

"무슨 일이야? 내가 도울 일 있어?"

내가 다정하게 물었다.

"가브리엘이 자신의 능력으로 살 수 있는 레스토랑을 찾았어!"

"그건 좋은 소식이잖아, 안 그래?"

내가 말했다.

"파리에 있는 레스토랑이 아니야, 에밀리. 가브리엘의 고향 노르망디야."

나는 믿을 수 없었다. 가브리엘이 어떻게 그럴 수 있단 말인가? 떠난다고? 우리를 버린다고? 아, 내가 아니라 카미유를 버리는 거다.

"가브리엘은 다음 주에 떠날 거야."

카미유가 말했다.

뭐라고?

"다음 주라고? 그런데 왜 이제야 알게 된 거야? 믿겨지지 않아, 충격이야! 당연히, 너만큼은 아니야. 너 정말 충격이지?"

나는 너무 놀라 소리를 질렀다.

"음, 그래서 가브리엘한테 화가 나!"

"나도!"

내가 큰소리로 말했다.

가브리엘이 우리를 떠난다! 급작스럽게 조만간! 마치 우리가 아무 의미도 없는 것처럼! 아니, 카미유가 그에게 아무 의미가 없는 것처럼!

"가브리엘이 무슨 생각을 하는 거야?"

좀 더 차분하게 물었다.

"나도 몰라. 내가 가브리엘을 따라 그의 고향으로 갈 거라고 생각했을 수도 있고, 나랑 헤어지려는 걸 수도 있어."

카미유는 무척 충격을 받은 것 같았다.

"유감이야!"

"부모님 집에 가서 조용히 생각해봐야겠어."

카미유가 나를 안고 나를 진짜 친구라고 불렀다.

내가 틀렸다. 나는 더 깊은 나락으로 떨어졌다.

이튿날 아침, 나는 가브리엘을 찾아갔다. 가브리엘에게 따질 것이 너무 많다.

우선, 어떻게 나를 두고 떠날 수 있단 말인가? 사랑과…… 으음 이웃으로서 의무가 있지 않나?

가브리엘은 벌써 짐을 싸고 있었다. 나는 그가 떠난다는 것이 도저히 믿겨지지 않았다. 더 이상 계단에서 가브리엘을 만나지도 못하고 더 이상 숨바꼭질도 할 수 없다. 더는 그의 매력적인 미소도 나를 바라보는 이글이글 타오르는 눈빛도 볼 수 없을 것이다.

"떠나기 직전에 말할 생각이었어요? 아니면 쪽지 한 장으로 인사를 대신할 생각이었어요?"

내가 물었다.

"일이 아주 빠르게 진행됐어요. 단지 그뿐이에요. 게다가 내가 태어난 고향이에요. 나한테는 엄청난 기회예요. 파리에 레스토랑을 여는 것이 꿈이었지만……."

"때때로 우리의 꿈은 예상하지 못한 곳으로 우리를 이끌죠."

내가 가브리엘의 말을 대신했다.

"내 말은 시카고는 내 고향이지만 파리에서 생활하고 있죠. 그리고 이제는 파리에서 처음 사귄 친구에게 작별 인사를 해야 하고요. 아랫집에 당신이 없는 파리를 상상할 수 없어요. 오믈렛도 없을 거고. 당신이 만들어준 오믈렛도 그리울 거예요!"

가브리엘이 이해했을까? 가브리엘이 미소를 지었다. 내 말의 뜻을 이해한 것이라고 생각한다.

"오믈렛도 당신을 그리워할 거예요."

"그래도 당신에겐 정말 잘된 일이에요."

가브리엘은 자신의 꿈을 이룰 것이다. 내가 누구라고 그를 막을 수 있단 말인가? 내가 하고 싶은 말은 그가 떠나지 않길 바란다는 것이다.

너무 귀여운 동료들

나는 불안감에 사로잡혀 에이전시에 출근했다. 엘리베이터에서 내리기 전에 깊게 심호흡을 했다.

실비가 나를 잡아먹지는 않겠지?

나를 처음 맞이한 사람은 쥘리앵이었다. 그리고 곧바로 실비가 나타났다. 그녀는 나를 봐서 별로 기쁘지 않은 표정이다.

"여기서 뭐 하고 있어요? 내가 다시 해고해야 해요?"

실비 뒤에서 쥘리앵이 힘내라는 신호를 보냈다. 나는 어제 그가 뤼크와 함께 설명해준 것을 완벽하게 이해하고 있었다. 나는 프랑스 노동자 자세를 취했다.

손짓 한 번으로 노동자를 해고할 수 없다! 나는 의지와 힘으로 맞설 준비가 됐다! 나는 지금 파리지엔이고 권리가 있다!

"오, 아니요. 하지만 내가 맡고 있는 멋진 고객들이 있고 아직 해고 절차를 하지 않았기 때문에, 나는 여전히 고객과 사부아르에 책임이 있어요."

내가 주장하자 실비가 뒤를 돌아봤다. 쥘리앵은 아무것도 모른다는 표정을 짓고 있었다.

"쥘리앵, 해고 절차를 진행할 서류 좀 갖다줄래요?"

"물론이죠, 실비."

쥘리앵이 다소곳하게 대답했다.

쥘리앵은 독재자 대표 뒤에서 머리를 흔들며 발걸음을 옮겼다. 웃고 싶었다.

"내가 당신 고객을 맡을 거예요. 그리고 당신이 굳이 오겠다면, 투명인간이 되세요."

실비가 말했다.

투명인간이라고? 하지만 나는 에밀리다! 그 순간 뤼크가 다가왔다.

"실비, 라보 회사와 관련해 할 말이 있어요. 저기, 잘 생각해봤지만, 내가 맡으면 안 될 것 같아요."

"무슨 이유로?"

실비가 의심스러운 표정으로 뤼크에게 물었다.

"나랑 앙투안 때문에요. 두 명의 알파 남성이 같이 있으면 어떻게 될 것 같아요? 치열한 싸움 끝에 한 명이 죽겠죠."

뤼크가 나를 슬쩍 쳐다봤다.

수신 완료!

"내가 맡을게요."

내가 말했다.

"에밀리는 해고될 거예요."

실비가 반대했다.

"해결책을 마련할 때까지면 괜찮지 않을까요?"

뤼크가 제안했다.

실비가 잠시 생각했다.

"어쩔 수 없네! 해고 절차가 마무리될 때까지만 맡으세요."

실비가 결론을 내렸다.

이렇게 멋진 동료들이 있다니 나는 정말 행운아다.

피에르라는 불사조

하루의 시작이 너무 좋았다.

초대장이 날라왔다. 그레이스페이스가 피에르가 취소한 쇼장을 예약하고 나를 초대했다. 그건 분명 도발이었다. 그렇지 않으면 무엇이란 말인가! 전에는 그레이스페이스가 창의성이 있다고 높이 평가했다. 하지만 지금은 참을 수 없이 잘난 척하는 악동일 뿐이다. 형편없는 녀석들이다. 앙팡 테러블이다. 막 자란 아이들이었다. 자신들이 화제가 되려고 굳이 피에르를 다시 모욕할 필요는 없었다.

곧바로 마티외한테서 전화가 왔다.

"그레이스페이스 초대장 받았어요?"

내가 물었다.

"삼촌도 받았어요."

마티외가 확인해줬다.

"진짜로요? 무덤 위에서 춤추며 그걸 보라고 초대했다고요? 정말 모욕적이에요!"

"비열하죠! 삼촌이 제정신이 아니에요. 당장 당신을 봐야겠대요."

마티외가 전화 건 이유를 말했다.

왜지?

나는 궁금했다. 하지만 피에르가 나와 이야기하고 싶다는 건 좋은 신호가 아닐까? 실비가 나와 같이 가겠다고 우겼다.

우리는 의상실에서 피에르를 다시 만났다. 그는 웃고 있었고 전혀 우울한 표정이 아니었다. 혹시 쇼가 취소돼 마음이 놓인 걸까?

"아, 가십걸! 드디어 왔군!"

피에르가 나를 '링가르드'가 아닌 '가십걸'로 불렀다.

또 다른 좋은 신호다!

"안녕하세요, 피에르. 괜찮으세요?"

"아주 좋아. 당신에게 보여줄 것이 있어요. 따라와요!"

그가 내 손에 키스하며 말했다.

마티외와 실비는 나와 피에르와 함께 천으로 가려진 마네킹이 있는 곳까지 동행했다.

"나는 인생도 없고 재미도 없는, 반복적인 패션쇼를 열 뻔했어요. 아주 오랫동안 잠을 자고 있었죠. 드디어 긴 잠에서 깼어요. 하하하!"

피에르가 설명했다.

피에르가 자랑스럽게 천을 걷었다. 나는 어리둥절했다. 피에르의 이전 작품과 완전 달랐다. 완전한 변신이었다. 드레스는 아방가르드하고 총천연색으로 모든 오트 쿠튀르의 공식을 파괴하는 것이었다. 실비는 완전히 충격을 받은 것 같았다.

나는 정말 좋았다. 피에르가 불사조가 돼 부활했다.

"오, 놀라워요!"

"내 영감의 원천은 에밀리예요!"

피에르가 말했다.

"네, 정말 독특해요, 피에르!"

실비가 억지웃음을 지으며 말했다.

"피에르 카도의 미래예요. 나는 세상 사람들에게 당장 이 걸작을 보여주고 싶어요."

그가 실비에게 말했다.

"하지만 쇼를 취소했잖아요. '조금' 어려워요."

마티외가 말했다.

"생각은 훌륭하지만, 드레스 한 벌로 어떻게 쇼를 열겠어요?"

실비가 난처한 표정으로 말했다.

당장이라도 수십 벌을 만들 수 있다는 피에르를 막을 수 있는 것은 아무것도 없었다. 의상이 모두 같은 수준이라면, 피에르는 패션 위크의 스타가 될 것이다. 내가 할 일은 쇼장을 찾는 것이다.

내일을 위해서!

나는 불가능에 도전하는 톰 크루즈 주연 '미션 임파서블'을 여러 번 봤다.

다행히 그레이스페이스가 새로 포스팅한 것을 보고 기발한 아이디어가 떠올랐다. 영상 속에서, 그들은 피에르가 패션쇼를 펼치기로 한 쇼장 앞에 걸린 커다란 포스터를 엉망으로 만들어 그 위에 자신들의 로고를 덧칠했다.

또 다시 피에르를 가차없이 모욕하고 있었다.

하지만 이번이 마지막이 될 것이다.

내가 좋아하는 프랑스 표현 중에 '받은 대로 돌려주라(rendre la monnaie de sa piéle)'가 있다.

이번에는 내가 스페이그레이스에게 받은 대로 돌려줄 차례다.

비싼 댓가를 치르게 될 것이다.

진짜 가짜쇼

나는 퇴근하고 집에서도 미친듯이 일했다. 내 머릿속에서 시계가 똑딱거리는 소리를 듣는 기분이었다. 이 쇼를 성공해내지 못하면 나는 진짜 견디지 못할 것이다. 피에르의 패션쇼가 실패로 끝나면 실비는 나를 결코 용서하지 않을 거고 정말 귀여운 내 동료들조차 나를 위해 아무것도 할 수 없을 것이다. 나는 수백만 통의 메일을 보내고 수많은 위급 상황에 대한 세부 사항을 정리하고 있는데, 짐들을 잔뜩 들고 민디가 나타났다.

"뒤퐁 씨가 나를 해고했어요!"

민디가 말했다.

뒤퐁 씨는 여장 남자 카바레에서 노래하는 민디의 새 직업을 마음에 들어하지 않았다.

"원할 때까지 여기 머물러도 돼!"

내가 말했다.

"너는 정말 최고야, 에밀리. 내가 와인 많이 살게. 둘이서 같이 지내면 재밌을 거야!"

민디가 말했다.

또 다시 노크 소리가 들렸다.

패션쇼가 내일인데 왜 자꾸 누가 찾아와?

문 앞에 가브리엘이 서 있는 것을 보고 심장이 튀어나올 뻔했다.

'무슨 일이지? 생각을 바꿔 파리에 남기로 했다고 말해줘, 제발! 별님, 자주 찾지 않을 테니 제발 한 번만 내 소원을 들어줘!'

"작별 선물을 가지고 왔어요."

가브리엘이 말했다.

작별이라고? 너무 싫다.

"내가 선물을 해야 한다고 생각했는데."

"아, 어쨌든 이건 당신에게 줘야 할 것 같아서요."

그건 가브리엘의 프라이팬이었다. 그가 나에게 오믈렛을 만들어 준 프라이팬. 내가 오믈렛을 만든다고? 나는 할 수 없을 것이다! 어떻게 가브리엘이 만든 것과 같은 것을 만들 수 있겠는가?

"혹시 내일 약속 있어요? 내일 저녁이 레스토랑 마지막 근무예요."

가브리엘이 다시 입을 열었다.

"내일 저녁이라고요? 왜 그렇게 빨리?"

내가 물었다.

"새로운 삶을 굳이 늦출 필요는 없잖아요."

그가 대답했다.

나쁜 별님 같으니라고!

수많은 기자들이 쇼장 앞에서 그레이스페이스의 패션쇼가 시작되길 기다리고 있었다. 나에겐 내 심장박동 소리 외에 아무 소리도 들리지 않았다. 피에르의 변신이 나에게 영감을 줬고 나는 그 개념을 좀 더 확장시키기로 마음 먹었다.

곧 알게 될 것이다. 피에르와 나를 위해 잘됐으면 좋겠다. 그리고 더는 그레이스페이스가 대단하지 않다는 것을 보여주고 싶었다.

잘될 거다. 그래야 한다.

세단이 도착했다. 회색 파카와 자신의 로고가 새겨진 티셔츠를 자랑스럽게 입은 피에르가 내렸다.

"피에르, 그레이스페이스를 보러 오셨나요?"

기자가 물었다.

"아니요. 여러분에게 피에르 카도를 보여주러 왔습니다, 하하하!"

피에르가 기자에게 대답을 하고는 춤을 췄다.

잠시후, 쿵쾅거리는 음악이 흘러나오는 스피커를 장착한 쓰레기 차가 나타났다. 호기심이 생긴 사진기자들이 일제히 그 차로 시선을 돌렸다. 피에르의 새로운 작품을 입은 모델이 그 차에서 내렸다. 모두 당황한 표정이었다.

드레스는 화려한 색깔과 독특하고 기발하게 자른 천조각들을 붙여 만들었다. 드레스에는 그라피티처럼 '나는 링가르드', '한물갔어', '피에르는 쓰레기통에', '촌스러워', '피에르가 누구?' 등의 문구가 써 있었다.

탑모델들은 내 것과 비슷한 베레모와 벨트, 촌스러운 보석들을 달고 있었다. 그중 한 사람이 '링가르드'가 새겨진 하트 모양의 커다란 가방을 들고 있었다.

내가 영감의 원천이 된 것이 기뻤다!

관객들은 콘서트장처럼 열화와 같은 연호를 보내며 패션쇼를 즐겼다. 그리고 일제히 피에르 카도의 이름을 연호했다.

그레이스페이스가 황당하다는 듯한 표정을 지었다. 엄청난 승리였다!

두 사람은 다음 번이 있다면 다른 사람을 두 번씩이나 경멸하는 행동에 대해 다시 생각할 것이다.

만찬과 작별

저녁에 실비, 뤼크, 쥘리앵, 마티외, 피에르 모두를 가브리엘의 식당으로 초대했다. 신문들은 일제히 피에르 카도 패션쇼가 성공했다는 기사를 실었다. 피에르는 무척 기분이 좋았다. 사실, 우리 모두 그랬다.

내가 피에르의 인스타그램에 식당을 해시태그 했기 때문에 식당은 엄청나게 붐볐다.

앙투안과 카트린이 도착했다. 나는 실비에게 신호를 보냈다. 나는 그들에게 자리가 없다고 말하려고 일어났지만 두 사람은 예약한 것 같았다.

"이런, 젠장!"

실비가 화를 냈다. 그리고 억지 웃음을 활짝 지었다.

"카트린, 앙투안, 안녕! 딱 맞춰 잘 왔어. 오늘이 셰프가 파리에서 마지막으로 요리하는 날이야. 노르망디로 이사간대."

"아, 정말로? 우리가 운이 좋네! 앙투안이 몇 주 전부터 이곳에 데려오겠다고 약속했거든."

카트린이 말했다.

"아, 약속이었다고?"

실비가 비아냥거렸다.

다행히 카트린과 앙투안은 자신들의 자리로 갔다.

식사는 즐겁게 이어졌다. 마티외가 다음 주말에 코트다쥐르*에 나를 데려가고 싶다고 했다. 당연히 나는 그게 무슨 의미인지 분명히 알았다.

정말 믿기 힘든 하루였다. 그리고 가슴 벅찬 하루이기도 했다. 한편으로 천재적인 피에르 덕분에 나의 '미션 임파셔블'을 성공할 수 있었다. 또 한편으로 가브리엘이 떠나는 날이기도 하다. 오늘의 승리는 기쁨과 함께 고통으로도 기억될 것이다.

시간이 늦었다. 드디어 손님들이 떠났다. 가브리엘이 인사를 하려고 나에게 왔다.

"음, 다시 한 번 고마워요. 나에게 잊을 수 없는 멋진 추억을 만들어줬어요."

가브리엘이 감동한 표정으로 말했다.

"내가 받은 호의를 갚는 것뿐이에요."

내가 대답했다.

그의 쓸쓸한 미소에서 내가 말실수를 했다는 것을 깨달았다. 정말 많은 가짜 친구가 있고 진짜 사랑은 거의 없다. 가브리엘의 눈빛이 슬퍼 보였다. 거의 절망에 가까워 보였다. 나는 그를 안고 그의 냄새를 맡고 싶었다. 이유는 모르겠지만 참았다.

"잘 자요, 가브리엘. 행운을 빌어요."

나는 내일 다시 만날 것처럼 그에게 인사했다.

* 프랑스 남동부 지중해 해안. 유명한 관광지로 칸 영화제가 열리는 곳이기도 하다.

그리고 마티외와 함께 식당을 나왔다. 마티외는 나와 밤을 함께 보내고 싶어 했지만, 나는 그를 보냈다. 그냥 집에 돌아가 베개를 뒤집어쓰고 울고 싶었다. 아니면 망각의 와인 한 잔을 하고 싶었다. 하지만 망각은 없다.

창문을 열었을 때, 가브리엘이 테라스를 정리하고 있었다. 견딜 수 없을 정도로 그가 보고 싶을 것이다.

나는 그를 그대로 떠나보낼 수 없다.

그럴 수 없다.

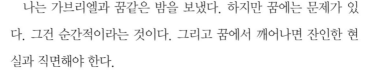

나는 가브리엘과 꿈같은 밤을 보냈다. 하지만 꿈에는 문제가 있다. 그건 순간적이라는 것이다. 그리고 꿈에서 깨어나면 잔인한 현실과 직면해야 한다.

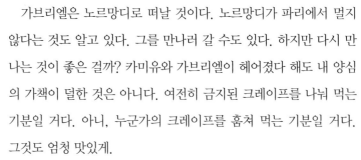

가브리엘은 노르망디로 떠날 것이다. 노르망디가 파리에서 멀지 않다는 것도 알고 있다. 그를 만나러 갈 수도 있다. 하지만 다시 만나는 것이 좋은 걸까? 카미유와 가브리엘이 헤어졌다 해도 내 양심의 가책이 덜한 것은 아니다. 여전히 금지된 크레이프를 나눠 먹는 기분일 거다. 아니, 누군가의 크레이프를 훔쳐 먹는 기분일 거다. 그것도 엄청 맛있게.

가브리엘과 함께 보낸 어젯밤은…… 내가 꿈꿨던 것보다 훨씬 열정적이고 달콤했다.

완벽한 세상에서 가브리엘은 나와 함께할 것이다. 완벽한 세상에서 가브리엘은 카미유도 모르고 나는 그녀와 친구가 되지 않을 것이다.

그리고 행운을 전혀 가져다주지 않은 별에게 기대지도 않을 것이다.

무슨 일이 기다리고 있을지 모른 채 회사에 출근했다. 어젯밤 앙투안과 카트린이 식당에 나타나기 전까지 실비는 행복한 표정이었다. 하지만 오늘도 그럴까?

내가 컴퓨터에 코를 박고 일을 하고 있는데 실비가 다가왔다.

"안녕하세요, 실비! 피에르가 내일 프랑스 보그지와 인터뷰한대요. 내 생각에는……."

"잠깐 입좀 다물고 내가 하는 말 들어요."

실비가 내 말을 가로챘다.

"전에 이야기했던 해고 절차는 당신이 큰 실수를 하지 않는 이상 밟지 않기로 했어요."

"진짜요?"

실비가 천장을 바라보며 한숨을 쉬었다. 내가 무슨 말을 할 수 있겠는가?

"당신은 잠재력이 있지만 거칠어요. 당신이 사부아르에 남겠다면 당신을 물렁물렁하게 대하지 않을 거예요. 알아들었어요?"

"잘 알아들었어요."

나는 아주 진지한 목소리로 대답했다.

동료들은 행복한 표정이었다. 나도 마찬가지였다.

하지만 내 마음에 작은 먹구름이 끼었다. 가브리엘이라는 먹구름이.

해고야, 행운의 별!

해가 질 무렵, 나는 가브리엘의 레스토랑 앞을 지나갔다. 나는 이 곳에서 참 행복한 순간을 보냈다. 나는 나의 섹시한 이웃이 이곳 셰 프라는 것을 알던 저녁을 떠올렸다. 그가 떠난 지금, 이곳은 예전과 같지 않을 것이다. 스테이크는 거의 날 것일 테고 오믈렛은 별로 맛이 없을 것이다. 그리고 내 인생은 아주 우울할 것이다.

갑자기 누군가 나를 불렀다. 테라스에 앙투안이 앉아 있었다. 나는 그가 거기서 무얼 하고 있는지 궁금했다. 식당은 닫혀 있었기 때문이다.

"안녕하세요! 어제 저녁 식사가 정말 맛있었나 봐요?"

내가 물었다.

"일이 있어 왔어요. 그런데 에밀리는?"

그가 말했다.

"저는 바로 옆에 살아요."

내가 아파트를 가리키며 대답했다.

"아주 효과적인데요."

앙투안이 말했다.

무슨 말인지 이해가 되지 않았다.

바로 그때 나는 환상을 봤다. 가브리엘이 레스토랑에서 샴페인과 잔 두 개를 들고 나왔다. 이건 분명 꿈일 것이다. 아니면 내가 금단 증후군을 겪고 있는 것이다. 슈퍼 섹시 가이를 너무 생각해서 곳곳에서 그가 보이는 거다. 하지만 나를 바라보는 그의 눈빛은…… 나의 상상이 아니었다. 환상이 아니었다. 가브리엘이 진짜 내 앞에 있었다.

"어? 오늘 아침에 떠난다고 안 했어요?"

내가 말했다.

"네, 나도 그럴 줄 알았어요."

가브리엘이 대답했다.

"근데 이 샴페인은 뭐예요? 작별 인사를 다시 하려고요?"

내가 물었다.

앙투안이 우릴 보고 웃었다.

"정반대예요. 나는 전도유망한 젊은 셰프가 파리를 떠나는 것을 견딜 수가 없었어요."

"앙투안이 레스토랑에 투자하고 싶대요."

가브리엘이 환한 표정으로 말했다.

"여기, 파리에요?"

내가 물었다.

"네, 물론이죠. 가브리엘이 있어야 할 곳은 여기예요."

앙투안이 대답했다.

아, 네. 여기, 네 옆에! 아주, 아주, 내 가까이에! 오직 나만을 위해!

앙투안이 전화를 받고 가브리엘이 세 번째 잔을 가지러 레스토랑 안으로 들어가자마자 카미유로부터 메시지가 왔다. 가브리엘이 떠나지 않는다고 카미유에게 말했다며 나와 이야기하고 싶다고 했다.

무슨 이야기를? 내가 전 남자 친구와 밤을 보낸 것에 대해 말하자고? 잊을 수 없는 크레이프였다고?

카미유가 가브리엘과 화해할 수 있는 방법을 묻지 않길 바랄 뿐이다. 물론, 당연히 그 이야기일 것이다! 친구 사이에는 서로 돕고, 의지하는 것이다. 혹은 서로 배신하거나.

나는 가브리엘과 카미유가 끝났다고 생각했다.

잘 생각해보니, 내 행운의 별이 게으름뱅이는 아니었다. 모든 것을 거꾸로 이해했을 뿐이다. 사람을 돕는 대신 해롭게 할 뿐이었다.

내가 무슨 일을 할 수 있겠는가?

시카고행 첫 번째 비행기를 타는 것이 최우선의 선택이다. 카미유가 대서양을 넘어 나를 쫓아오지는 않을 것이다.

나는 거리와 건물들을 바라봤다. 빵집 주인이 창문 너머로 나에게 손을 흔들었다. 꽃집 주인 클로데트가 내가 꽃을 훔치기라도 한 듯 노려봤다. 내가 남는다는 말을 들었을 때 행복해하던 쥘리앵과 뤼크의 얼굴이 떠올랐다.

아니, 나는 도망치지 않을 것이다. 내 삶은 이곳 파리에 있기 때문이다. 나는 놀라움과 괴로움이 기다리고 있는 이곳, 파리에 남을 것이다.

#파리의_삶은_계속된다
@emilyinparis